Your Only Story Online

ユアオンリーストーリーオンライン

[著]──灯火　[イラスト]──501

TOブックス

目次

[イラスト]――501　[デザイン]――ムシカゴグラフィクス　たにごめかぶと

プロローグ

「ご覧、満月《みつき》。あれがオリオン座、おおいぬ座、こいぬ座だよ」

幼い頃、母に抱かれてキャンプ場から見上げた星空。

この頃からわたしは母がなぞった星座を同じように指でなぞって、目をキラキラさせていたそうです。

時は経ち高校二年生となったわたし、終夜《よすがら》満月は日課の天体観測を終えて部屋へと戻りました。

父は普通の会社員ですが、星空の下で行うキャンプが趣味です。母は博物館で天文担当学芸員をしています。少し年の離れた兄は、天体写真家として活動しています。そんな天体大好き一家に生まれたわたしも、天体観測が趣味の天体オタクです。

「明日は土曜日だからあのゲーム、キャラクター作成だけでもやってみちゃおうかな……」

そんなわたしがいま手にしているのはフルダイブ型のＶＲゲームです。技術が進歩して安心、安全に仮想現実に入り込むことが可能となった今、フルダイブ型のＶＲゲームが爆発的な人気を誇っています。

フルダイブ型のＶＲゲームとは、仮想現実と五感を接続することで、映像や音声だけでなく意識全体が仮想現実へと入り込むことができる技術を使ったゲームのことです。

天体オタクであるわたしがなぜこのゲームを手に取ったのかと言いますと、単純な話です。テレビCMで映った星空に目を奪われたからです。仮想現実なのに本物の星空と変わらないようなグラフィック。その一瞬の星空でわたしは心奪われてしまいました。

新しい天体望遠鏡を買おうとした貯金はVRゲームのVRゴーグルとソフトで消えました。さすがに普通のゲーム機よりも高いのです。

さてゲームの話に戻りましょうか。いわゆるVRMMOと呼ばれる種類のこのゲーム、タイトルを、『-Your Only Story Online-』通称ユアスト、と言うそうです。

キャッチコピーは、「あなただけの物語を紡ぎましょう」。幻想世界ハーセプティアであなただけの物語を。

剣も魔法もモンスターも出てくるファンタジーな世界観のゲームです。さらに自分がゲーム内で行った行動が、日記のように本に刻まれ、自分だけの物語を作ることができるそうです。

それは登録したスマートフォンなどの外部端末で読むことができ、設定すれば他人へ公開することもできるそうです。

強い敵とひたすらに戦いたい。

ゲーム内で農業をやってみたい。

ヒーロー、悪役ロールプレイをしてみたい。

もふもふを愛でたい。

そんな願いを叶えてくれるのがこのゲーム、ユアストです。

剣や魔法、そういったものにも心惹《こころひ》かれますが、わたしはこのゲームで、天体観測がしたいのです！　あの星空を、ゲームの中だけど、自分の目で眺めてみたい。

冒険の合間に、様々な場所や風景の中で星空を見上げたい。それが目的です。

現実で天気が悪くても、ゲームの中なら見られるかもです！

「よし、準備もできたし。まずはキャラメイクだね」

諸々の準備を終わらせてベッドに横になります。

説明書や初心者向けの攻略サイトで事前予習したのである程度は決めてありますが、実際どんなものかはゲームを始めてみないとわからないですからね。

ＶＲゴーグルを装着して電源を入れて、と。

視界に Your Only Story Online と浮かんだあと、眠るようにゆっくりと意識が沈みました。


ふと、目が覚めるような感覚を覚えて目を開けると、そこは宇宙空間でした。

「なにここ！　最高！」

三百六十度ぐるぐる回ったあと、ひたすらにその空間を眺めていました。

「ふふ」

綺麗な声が聞こえて振り返ると、足元まで伸びる白銀の髪、純白の衣を纏《まと》った女性が立っていました。

「この場所はプレイヤーの心に刻まれた風景を反映する、という機能があるのですが。このように

「全てを心象風景で塗り替えられたのは初めてですね」

周りを見渡してわたしに向かって微笑みました。その微笑みに見惚《みと》れていると、女性は咳払いをして指を鳴らしました。するとこの宇宙空間に、椅子とテーブルが出現しました。

「ようこそ、Your Only Story Online へ。わたくしはあなたたちを送り出す役割を持つ流転の女神、ローティと申します。わたくしはあなたの訪れを歓迎します。それではキャラクターメイキングを始めましょうか」

お互いに椅子に座った時、わたしの目の前にディスプレイが出てきました。事前に予習した通り、決めてきたものをそのまま選びました。

ミツキ　Lv. 1
ヒューマン
メインジョブ：見習いウィザード／サブ：見習い薬師

ステータス
攻撃10　防御10　魔攻《まこう》10　魔防10　敏捷《びんしょう》10　幸運10

ジョブスキル
【炎魔法】【水魔法】【風魔法】【土魔法】【調合】【調薬】【精製】

パッシブスキル

【鑑定】【遠視】【気配察知】【隠密】【】【】

このゲームのキャラメイクで選べるのはパッシブスキルのみです。

ジョブを選ぶと、そのジョブに対応したジョブスキルが最初に選ばれます。わたしは優柔不断なので最初から用意されてるのはありがたいですね。

わたしはメインジョブにウィザードを選んだので、炎魔法、水魔法、風魔法、土魔法を最初から使うことができます。

そしてスキルレベルではなく、このゲームは熟練度によって使えるアーツが増える仕組みです。

アーツというのは技名のことです。

なのである程度熟練度が上がるまでは、【炎魔法】であればファイアーボール、というアーツしか使うことができず、命中率も若干下がってしまうのです。

命中率が下がると言っても、自分より敏捷が低い敵には必中ですが、自分より高い場合には当たらない事もある、程度のようです。

レベルアップした際に得られるＳＰ《スキルポイント》を使うことによって、アクティブスキルやパッシブスキルを覚えることができます。

最初に選べる種族は、ヒューマン、エルフ、獣人、ドワーフの四つです。

ヒューマンのステータスは平均的なものですが、エルフは魔攻、獣人は敏捷、ドワーフは攻撃にステータスが寄っています。

今後レベルアップすると、選んだジョブにあわせたステータスが伸びていくようになります。

わたしは最初からヒューマンと決めていました。身体の感覚が変わるのは避けたいですからねぇ。

パッシブスキルは六つ選ぶことができます。選んだのは冒険に必要そうな【鑑定】と、天体観測を行うのに必要そうな【遠視】【隠密】、戦闘に必要そうな【気配察知】です。

敵にバレないようひっそりと天体観測をしつつ、【気配察知】ですぐ敵に気づければ逃げることができそうなので！

残りの二枠は、ランダムで選ぶことができるようなのでそうしようと思います。

こういうガチャみたいなの好きなんですよね。

次に見た目ですね。

わたしは今髪が肩にギリギリ付かない長さなので、印象を変えるために背中の辺りまで伸ばします。

色も変えられるようなので、髪色は好きな群青色、目の色は星のような金色にしました。

身長はそのままで……お胸の大きさも変えられます。いや、変えません！　このまま！　大きくないほうが動きやすいですから！

ＯＫを押すと、真横に色味を変えたわたしの姿が映し出されました。

「うん、いい感じ」

「とてもよくお似合いです」

「ありがとうございます！」

キャラメイクが終わるまで待っててくれたローティ様に褒めていただいたのでこれでいきます。

「では改めまして、ようこそ。Your Only Story Online へ。ミツキ、あなたはハーセプティアで何かやり遂げたいことはありますか？」

やり遂げたいこと……それは、もちろん。

「天体観測です！」

「天体観測、ですか」

「はい！　わたしは天体観測が大好きで、生活の一部、わたしの人生なんです」

ＣＭでみたあの星空が忘れられなくて。一目惚れ、と同じような感覚です。そんな星空の下、別の世界を冒険してみたいのです。

「これはもう運命だな、と！　あの瞬く星の美しさを知ってしまったので、わたしは天体観測をメインに冒険をしたいのです」

「……ふふ。そうですか」

ローティ様は微笑みながら話を聞いてくれました。否定の言葉が出なくて嬉しいです。

「ならばわたくしからちょっとしたアドバイスです。貴方の物語に介入する事は許されませんが、とても強い熱意を感じましたので、アドバイスくらいさせてください」

ローティ様は内緒話をするように口元に手を当てると、

「種族レベルが10になるまでの間に、一定時間ずっと星を見つめ続けるといいことがあります。いいことがあったあとに、図書館へ行ってみてください」

「一定時間、星を見つめる……そういうの大得意です！　ありがとうございます！」

ローティ様はにっこりと笑うと立ち上がったので、わたしも同じように立ち上がります。

「では、そろそろハーセプティアへと送りましょう」

「はい、ありがとうございました！　ローティ様！」

ローティ様がわたしの前で手を横に振ると、わたしの身体が光に包まれました。

「ミツキ、あなたの道行きに祝福あらんことを」

1日目　ゲームの世界へ

目を開けると、そこにはレンガを基調とした町並みが広がっていました。

「ふおおおお！　綺麗だなあ」

第一の町、ルクレシア。プレイヤーが一番最初に降り立つ町です。

この世界ではプレイヤーのことを『渡り人』といいます。

ルクレシアの中心にある石碑《せきひ》の前に、わたしは立っていました。ルクレシアは石碑を中心に円を描いたような町並みになっています。

この石碑はワープや死に戻りの玄関口でもあります。大きめの町や王都などに設置されています。

「あ、ランダムスキルの確認をしないと」

ステータスを確認するには、頭の中でステータスと唱えると公式サイトに書いてありました。


ステータス！

ミツキ　Ｌｖ．１
ヒューマン
メインジョブ：見習いウィザード　Ｌｖ．１／サブ：見習い薬師　Ｌｖ．１
ステータス
攻撃10　防御10　魔攻15（＋５）　魔防10　敏捷10　幸運10
ジョブスキル
【炎魔法】【水魔法】【風魔法】【土魔法】【調合】【調薬】【精製】
パッシブスキル
【鑑定】【遠視】【気配察知】【隠密】【植物学者】【節約】
装備
［頭］なし

［上半身］見習いウィザードの服
［下半身］見習いウィザードのスカート
［靴］見習いウィザードのブーツ
［武器］見習いウィザードのロッド
［アクセサリー］見習いウィザードのローブ
［アクセサリー］なし
満腹度50％

【植物学者】？　【節約】は確か最初から選べるパッシブスキルでみました。アーツを使う際のMPをほんの少し節約できるスキルです。これもあると有り難いので当たりですね。

問題はこの【植物学者】というスキルです。

選べるスキルの中にはありませんでした。

ということはおそらくランダムでパッシブスキルを選んだ際に、レアなスキルも出るかも？　と公式サイトに書かれていたので、きっとこれは珍しいスキルに違いないかと！


【植物学者】

植物に対し深い造詣《ぞうけい》を持つ者のスキル。

植物の状態を見分けることができる。

ふむ？　植物の状態を見分ける？

とりあえずあとでフィールドに出たときに草むら探索してみましょう！

ひとまずステータスも確認しましたし、このルクレシアの町を見回ってみましょう。

冒険者ギルドでギルドカードも作らないといけませんしね。

とりあえずそこの屋台のおじさんにきいてみましょう。

なにか、串焼きみたいなものを売っているようです。タレが焦げる香ばしい香りが！

「嬢ちゃんみない顔だね？　この町は初めてかい？」

「はい、今日初めてこの世界にきました！」

「お、渡り人かな！　ようこそルクレシアへ！　記念にこれ食べてみな！」

そう言っておじさんは串焼きを一本差し出しました。

コッコの串焼き（タレ）
コッコを串にさして秘伝のタレで焼き上げた串焼き。満腹度＋30

コッコ？　名前の響きだとニワトリみたいな生き物でしょうか？？？

「ありがとうございます！　いただきます！」

串焼きにかじりつくと、噛んだ瞬間に鼻に抜けるタレが焦げた香ばしい香り。ほどよい弾力、タレの甘み。うーん美味しい！

「とっても美味しいです！　タレの串焼き五本買います！　わ、塩もあるんですね！　五本買います！」

これは買いですね！　このゲームには満腹度パラメータがあるので、食事をしなければなりません。

満腹度が0になると倒れてしまい、HPが0になってしまいます。

HPが0になると事前に立ち寄った町に死に戻り、一定時間バッドステータスがついてしまいます（ステータスが半分になります）。

持ち物はなくならない仕様ですが、お金はランダムに無くなるので注意が必要です。

「お、毎度あり！　一本100リルだから、まとめて1000リルだな」

1000リル支払いますか？
はい
いいえ

目の前にディスプレイが出てきました。

この世界でお金やトレードのやり取りをする際はこのようにディスプレイが出ます。

いちいちお金を数えなくてすむのでいいですね。

ハーセプティアではお金の単位はリルとなっています。

ちなみにわたしは今10000リル持っています。支払っても9000リル残りますね。

はいを押してお金を払い、受け取った串焼きをアイテムボックスに入れます。

アイテムボックスの中は時間が止まっているので、劣化せずいつでも出来たての串焼きが取り出せます！

「あ、冒険者ギルドってどこにあるか教えてもらえますか？？？」

「冒険者ギルドは石碑の前の大通りを真っ直ぐ南に向かえばあるぞ。赤い屋根が目印の大きな建物だな」

「赤い屋根の大きな建物……はい！　ありがとうございます！　わたしはミツキと言います、冒険者になる予定です！　またきますね！」

「おう！　俺はグレナダ！　ここで屋台をやってる。気を付けて行ってこいよ！」

屋台のおじさん、グレナダさんに手を振って、わたしは南に向かって歩き出しました。

いざ行かん、冒険者ギルドへ！

石碑前の道を南下します。ＮＰＣと思われる住人たちが、生活しています。

先程のグレナダさんもそうでしたが、普通に話もできますし子供たちは走り回って遊んでいますし、売買もしてます。すごい技術です。

ゲームだけど、私たちと同じように生きてる、って感じがします。ＡＩ技術？　ってすごいです。

「お、あれかな」

一際大きな赤い屋根の建物が目に入ると、それに伴ってプレイヤーっぽい人たちの数も増えていきます。

合間をすり抜けてわたしは冒険者ギルドの中へと入りました。

鑑定、買取……あ、登録と書かれたカウンターを見つけました。そちらの受付の列へと並びます。

しばらく並んで待っていると、わたしの順番になりました。

「お待たせいたしました。ようこそ、ルクレシアの冒険者ギルドへ。本日はご登録でよろしいですか？」

「はい、ミツキと言います」

「かしこまりました。冒険者ギルド受付リルファが承ります。ミツキ様、それでは右手でこちらの水晶に触れていただいて、左手をこちらの板の上に置いていただけますか？」

受付の女性、リルファさんの言う通りに手を乗せると、一瞬青く光りました。

その様子に目を瞬かせて首を傾げたわたしの様子を見て、リルファさんは小さく笑います。

「はい、離していただいて大丈夫です。こちらの水晶でミツキ様のステータスを読んで、こちらの板に写したのです。こちらがミツキ様のギルドカードとなります。見せたくないステータスは、隠しておくことをオススメしますね」

受け取ったギルドカードには、わたしのステータスと一番下にGランクと書かれていました。

「ギルドカードは紛失すると再発行に１００リル頂きますのでご注意くださいね。ギルドについての説明はお受けになりますか？」

名前とランク以外のステータスを全て隠した状態にしつつ、リルファさんの言葉に頷きました。

「冒険者ギルドでは依頼の受注、鑑定、買取、訓練を行っております。依頼はあちらの壁のボードにある依頼書を依頼カウンターまでお持ちください。ランクによって受けられる依頼と受けられない依頼がありますので、依頼書をご確認くださいね。鑑定は当ギルドの鑑定士が行わせていただきます。素材が多いとお時間いただきますのでご容赦《ようしゃ》ください。料金も素材の量で増減いたします。買取も同様ですね。訓練は、当ギルドの職員が戦闘訓練を行っていますので、参加ご希望でしたら扉の前の職員にお声掛けください」

「はい、わかりました」

「そしてギルドランクですが、初めは皆様Gランクからのスタートとなります。ランクはG、F、E、D、C、B、A、S、SSとなります。最高がSSランクです。一定の依頼を達成していただきますと、ランクが上がる仕組みになっています。そちらはギルドカードに書かれていますのでご覧くださいね」

ギルドカードに書かれているとのことで、わたしはギルドカードをみてみました。

ミツキ　Lv．1
ヒューマン
Gランク
ランクアップまで

採集依頼5　討伐依頼5

あ、わかりやすく書いてあります。初心者に優しいですね。

「以上で簡単にですが、説明とさせていただきます。なにかご質問等はありますか？」

「今のところは特に、大丈夫です。ありがとうございました、リルファさん」

「ミツキ様の冒険に幸福あらんことを」

リルファさんにお礼を伝え、わたしは依頼ボードを見てみました。

わたしはGランクなので、やっぱりここはGランクと書かれた依頼からこなしていくべきですよね。

見覚えのない単語の採集依頼と討伐依頼ですが、ゴブリン、ウルフ、スライム……ゲームっぽいですね。

教会の掃除もあります。これは後でやってみましょう。

迷った末にわたしは二枚の依頼書を持って依頼カウンターへ持っていきました。

「この依頼を受けたいのですが」

「はい、ギルドカードもよろしいですか？」

わたしはギルドカードと一緒に依頼書を受付のお姉さんに渡しました。

〈採集依頼〉魔力草　三十本採集　〈討伐依頼〉角ウサギ　十体討伐
「魔力草採集と角ウサギ討伐の任務ですね。依頼カウンター受付のサイファが受注確認いたしました。討伐数はギルドカードに表示されますので都度ご確認ください」

「はい、ありがとうございます」

「完了しましたら再度依頼カウンターまでお声掛けください。お気をつけていってらっしゃいませ」

「あ、サイファさん少し聞きたいことがありまして」

「なんでしょうか？」

わたしは少しサイファさんに近付いて、小さめの声でサイファさんに話しかけます。

「わたし、初めての冒険なんです。必要な準備とか教えてくださる方ってギルドにいらっしゃいますか……」

わたしは冒険初心者でこの手のゲームにも慣れていません。フレンドはいませんし事前に準備とか教えていただかなければ……！

「ふむふむ。少々お待ちください」

サイファさんはギルド内を見回すと、

「カレン！　こちらに来てください！」

と、大きめの声で誰かを呼びました。

すると壁際にいた背の高い女性が、こちらへと近寄ってきます。

「なんだよサイファ。何か用か？」

「先程すべての依頼を終わらせていましたよね？　ちょっとお願い聞いてくれませんか？」

「お願い？　それはこの渡り人の嬢ちゃんと関係あるのか？」

「は、はい！　ミツキと言います」

「ミツキ様の冒険の手ほどきをお願いしたいのです。……ミツキ様、カレンはガサツで少し男っぽいところもありますが面倒みがよくてそこそこの強さがあります」

背が高く長めのポニーテール、大剣を背負った女性、カレンさん。

カレン　Lv.45
ヒューマン
？？？／？？？

レベルたっか！　何も見えません！

そして名前の表示が緑色なので、この方はNPCのようです。

「……しゃーねぇな。これも冒険者の先輩としての務めってやつか」

「はい。お願いしますね、カレン」

「わーったよ。さて嬢ちゃん、ミツキと言ったか」

「はい！」

「冒険者のイロハってやつ？　とりあえず教えてやるさ。ついてきな」

「はい！　ありがとうございます！　よろしくお願いします！　サイファさんもありがとうございました！」

サイファさんは目礼をし手を振ってわたしを送り出してくれました。

さて、ギルドの扉を開けて出ていったカレンさんを追いかけなければ！

ギルドの外で待っていたカレンさんと合流しました。

「じゃあまずは薬師のばあさんのとこでポーションでも買うか」

「はい！」

「こっちだ」

歩き出すカレンさんの後ろをまるでひな鳥のようについていくわたしです。

「カレンさんとサイファさんは仲がよろしいんですね？」

「ん、まあ幼馴染ってやつかな。サイファと、リルファっているだろ？　あいつら双子なんだよ」

「双子⁉」

全然気付きませんでした！　髪形とか雰囲気とか全然違いましたし！

「そ。事あるごとに何かとアタシに頼みごとしてきてさ、まあ断る理由もないし引き受けたけど」

「本当にありがとうございます……」

「いいってことよ。渡り人が強くなりゃあアタシたちだって少しは楽になるしな」

カレンさんは歩きながらルクレシアの町や国について色々説明してくれました。

ルクレシアの町は、このハーセプティアという世界の中にあるクリスティア王国の最南端の町だそうです。

このハーセプティアには七つの国があります。

クリスティア王国。

わたしたち渡り人が降り立つ国です。

様々な種族の人が分け隔てなく暮らしています。他国との交易が盛んなので、食も技術も栄えているそうです。

レダン帝国。

レダン帝国は獣人の国だそうです。

様々な獣人たちが暮らしています。

比較的ヒューマンにフレンドリーなようです。

砂漠と密林の国で独特な雰囲気があるそうです。

日輪《にちりん》の国。

字でおわかりかと思いますが和風な国です。

こちらの国は神秘の国と呼ばれていて、島国です。行く手段が限られており、現在は船も動いていないそうです。あまり他国と交流していないそうです。昔の日本みたいですね……。

レティシリア共和国。

多くの領土が集まってできた共和国です。

共和国の国王になるための小競り合いが少なくない数起こっているらしいです。

しばらくは近づかないようにしたいです。

銀華帝国。

なにやら中華な雰囲気の国だそうです。

ご飯が美味しくて、アクセサリー職人が多いそうです。

こちらの帝様は女性らしいです。他国と積極的に交流しているそうな。

レペツェリア王国。

海に面した海産物で栄えている王国です。リゾート地としても人気なんだとか。

海の幸！　食べたいですね。

セレニア神聖王国。

創世神レーヴェシュレニア様を信仰する宗教国家です。カレンさんはあまり近寄りたくないようです。……なにかあるんでしょうか。

ただ他国に向かう場合は最低でもギルドランクをEまで上げなければならないとか。

当分はクリスティア王国から出る予定はありませんけどね。

カレンさんはなんとギルドランクCの冒険者さんなんだそうです！

「お、ここだここ」

カレンさんが立ち止まったのは、裏路地へ入って少し進んだところにある小さなお店の前でした。

「ここの薬師のばあさんが作るポーションは効能がいいんだ。他で買うよりここで買うほうがオススメだよ」

そう言って扉を開けて入っていったカレンさんを慌てて追いかけてお店に入ると、四畳程度の空間の四方に棚が置かれており、種類ごとにわかりやすくポーション類がまとめられています。

そして奥にはカウンターがあり、そこでは優しそうなおばあさんがいらっしゃいました。

「あら、いらっしゃい」

「おう、今日は初めての客を連れてきたぜ」

「ふふ、そうなのね。私は薬師のリゼットよ。ここで薬師としてお店を開いてるわ」

「わたしはミツキです。かけだしの冒険者で、今日この世界に来たばかりの渡り人です！」

「あらあら渡り人さんなのね」

とても丁寧で気品あふれる薬師のリゼットさん。柔らかい笑顔がとてもチャーミングです。

「まずはこれだな」

カレンさんがカウンターに持ってきたのは薄い緑色した五本の小瓶です。

ポーション
HPを20%（+10%）回復する

「HPを20%（+10%）回復する……？」

「リゼットばあさんの作るポーションは効果が高いんだ。この初級ポーションは+10%も回復量が多いんだぜ。すごいだろ」

「これでも薬師として長くやってきてるからねぇ」

それはすごいです！

買います！

「あとはこれも少し買っといたほうがいいだろ」

カレンさんが机に置いたのは薄い黄緑色した二本の小瓶です。

ＭＰポーション
ＭＰを20％（＋10％）回復する

「効果が高いからおおっぴらには売れないんだ。知る人ぞ知るお店って感じだな」

「そうなんですか……もったいないですね」

「出る杭は打たれるって言うからねぇ。私はここでひっそりとお店してる方が楽なのよ。贔屓《ひいき》にしてくれる冒険者もいることだしねぇ」

リゼットさんはカレンさんをみて微笑みます。

「そりゃアタシも昔は傷だらけだったからよく贔屓にしてたもんさ。今もだけどな」

「ふふ、さてミツキさん。ポーションは一つ２００リルだから１０００リルになるね。ＭＰポーションはちょっと高いけど一つ５００リルするのよ。二つで１０００リルだから合計２０００リルよ」

相場とかはわからないけど買います！

２０００リル払って、買ったポーションをアイテムボックスにしまいます。

残りの所持金は７０００リルです。

それにリゼットさんには、お願いしたいこともあります。

「あ、あの！　リゼットさん」

「どうかしたかい？」

「今受けてる依頼が終わったら、薬師のこと教えていただけませんか？」

「あら、ミツキさんは薬師なのかしら？」

「見習いウィザードで、見習い薬師です」

「あら、そうなのねぇ。ふふ、いいわよ。薬師のこと少しだけ教えてあげるわね」

「！　あ、ありがとうございます！」

よし！　薬師のお師匠様に出会えました！

「ポーションはこれくらいでいいだろ。そろそろ行くか」

「はい、わかりました」

「ミツキさん、お店が開いてる時間においでなさいね。その時に薬師のこと教えてあげるわね」

「はい！　ありがとうございます、また来ますね」

リゼットさんにお礼を告げて私はカレンさんとともに外に出ました。

マップに印をつけておきましょう。今後もここでポーションを買わせていただきます！

「さてあとは戦闘の準備もだが、……ふむ。それウィザードの初期装備セットだろ？」

装備セット？　わたしは自分の装備を詳しく見てみました。

見習いウィザードの服：見習いウィザードの初期装備
見習いウィザードのスカート：見習いウィザードの初期装備
見習いウィザードのブーツ：見習いウィザードの初期装備
見習いウィザードのローブ：見習いウィザードの初期装備
見習いウィザードのロッド：見習いウィザードの初期装備
見習いウィザードセットボーナス　魔攻＋5

ステータスの魔攻の＋5ってこれのことですか！　というかこの装備なにもステータス上がりませんね！　初期装備ってそういうものなんでしょうか。

「はい、見習いウィザードの初期装備ですね」

「戦わないうちから強い武器を装備しても宝の持ち腐れだからな。ある程度戦闘に慣れて、レベルが上がるまではそのままの方がいい」

「はい、わかりました」

「レベルが上がってその辺のモンスターも余裕で狩れるくらいになったら声かけな。いいとこつれてってやるよ」

モンスター！　角ウサギの討伐依頼を受けましたが、ルクレシアの周りにはどんな魔物がいるんでしょうか。

「あとはまぁ食料とかキャンプセットとか料理セットとかだが、初心者のうちにそんな遠くまで行かせるのは危ないからな。これは今受けてる依頼が終わったら教えてやる」

「キャンプセットや料理セットも必要なんですね？」

「腹が減っては戦はできねえって言うからな。それにソロや遠い場所の依頼だと食事のことも考えないといけねえし。やっぱどこでも美味しいもん食いたいだろ？」

「はい、食べたいです！」

「余裕があるなら料理スキルとか持っとくのもいいぜ」

料理スキル！　レベルが上がったら取ってみることにしましょう！

「あとはもうこんな時間だからな。町の外に出るのは明日にしておいたほうがいい」

そうなんです。わたしがゲームを二十時頃に始めたので、もう二十一時になります。

プレイヤーであるわたしの視界には、左上に赤いＨＰバー。その赤いバーの下に緑色のＭＰバーがあります。

数値は書いていないので、ダメージを受けたりアーツを使ったりしなければどれくらい減るかわかりません。

そして右上に時間が表示されています。ハーセプティアは現実世界と同じ時間が流れています。

バリバリ夜でした！

リゼットさんのお店は夜二十一時までやってらっしゃるんですね。

「夜は夜でモンスターの出現パターンも変わるし厄介だ。【夜目】や【暗視】とかのスキルを持ってれば戦いやすいけどな。ミツキはまず昼間の戦闘に慣れてからにしろよ」

「【夜目】、【暗視】のスキル……」

「じゃねえと後ろからパクっとされちまうかもしれないからな」

「ひえっ」

「まぁひとまずの準備はこんなもんだろ。明日来るなら、南門から出れば近くに森がある。そこに魔力草も生えてるし角ウサギもいる。頑張れよな」

「はい！　遅くまでありがとうございます、カレンさん」

「いーってことよ。アタシはここを拠点にしてるから、用があるならギルドに来いよ。はやく強くなれよな」

わたしの頭をポンポンしてから、後ろ手に手を振りながら歩いていくカレンさんを見送り……あっ！

「カレンさん！　いいお宿知ってますか！」

わたしは急いでカレンさんを呼び止めました。

この世界では基本ログアウトは宿屋、または安全な町の中、もしくはセーフティエリアなどでテントを設置してのログアウトを推奨しています。町の中でもログアウトはできますが、宿屋のほうがHPやMP回復が早いそうです。

カレンさんは笑いながらオススメの宿屋を教えてくれましたので、急いで宿屋に向かおうと思います。カレンさんにお礼を伝えて、わたしは駆け出しました。カレンさんが教えてくれたのは、南門からほど近いところにある宿屋、子羊の宿り木という宿屋です。こんな時間ですが、開いてるでしょうか。おそるおそる扉をあけて、中に入ります。

「お、いらっしゃい！　子羊の宿り木にようこそ！」

「はひっ！　お部屋は空いてますでしょうか！」

カウンターにいたお姉さんに声をかけられて、ちょっとびっくりしてしまいました。

「ん！　空いてるよ。一泊素泊まりなら300リルだよ」

「ひとまず七日間泊まらせていただければ！」

「はいよ！　前払いだけど大丈夫？」

「大丈夫です！」

7000リルから2100リル引いて、残りは4900リルですか。依頼をこなしてリル稼ぎもしないとですね。

「じゃあこれ部屋の鍵ね。二階の一番奥の部屋さ。宿から出るなら鍵預けて行ってね！　あたしはティナ！　ここの主人ってやつさ！」

「わたしはミツキです！　渡り人です、お世話になります！」

「うん、よろしくね」

「……ちなみに、わたしは星空を見るのが好きなのですが、星空が綺麗に見える場所などご存じですか？」

ティナさんから鍵を受け取りつつ、星空リサーチです。

「へぇ、ミツキさんは星が好きなんだねぇ。んー、有名なのはやっぱり隣のレダン帝国の砂漠じゃないかな？　砂漠の星空は別名『綺羅星《きらぼし》の宝石箱』って呼ばれるほどに、視界が星空でいっぱいになるんだって！　後はレティシリア共和国の雪原では、運が良ければ星明りで反射する『星のささやき《ダイヤモンドダスト》』が一緒に見られるらしいね！」

「隣国の砂漠と、雪原ですか……いつか行ってみます！　ありがとうございます！」

良い情報をいただきました！　ティナさんにお礼を告げて二階に向かい、一番奥の部屋の扉を開けて部屋に入ります。

八畳くらいの広さのお部屋で、モダンな雰囲気です。

「今日は楽しかったなあ。明日は町の外に行ってみよう！」

窓から町を眺めます。柔らかいオレンジの街灯が、町を照らします。星も綺麗に瞬いていますが、町の灯が少し強くてよく見えにくいですね……星をじっくり見るのは、町の外が良いですね。わたしは明日の予定を立てて、ベッドに潜り込んでログアウトしました。

「ふぅ……」

目が覚めるような感覚を覚えて、わたしはVRゴーグルを外します。みなれた自分の部屋の天井が見えます。

「ゲームとは思えないくらい、現実みたいな体験だったな。VRってすごい」

五感フル活用で違う世界に行ったような感覚でした。

今何時になるかスマホをみると、ユアストから通知が入っています。

「あ、これって」

Your Story －ミツキ－と表示された通知をタップすると、ユアストの特別なページが開かれました。すると、わたしの名前が表紙に書かれた電子書籍のようなものが画面に表示されました。

Your Story －ミツキ－

はじめに。

Your Only Story Online をプレイしてくださるミツキ様に感謝申し上げます。

この物語は、ミツキ様がハーセプティアで行動されたことが簡単にですが、自動的に刻まれていきます。

目安は一日一ページとなっておりますので、ミツキ様の物語を振り返っていただき、思い出としてお楽しみください。

ミツキ様の物語が素晴らしいものでありますようお祈り申し上げます。

これからも Your Only Story Online をお楽しみください。


「わたしの物語……」

わたしはページをめくるように、画面をスライドさせました。

―1ページ目―

あなたは女神ローテティに送り出されてハーセプティアへと降り立ちました。

石碑広場で屋台を開いていたグレナダから串焼きをもらい、初めての食事をしました。

その後冒険者ギルドで、冒険者登録をしました。冒険者への第一歩です。

そこでギルド受付のリルファ、サイファと知り合い、冒険者の先輩となるカレンと出会いました。

カレンから冒険者としての準備を教わり、薬師リゼットとの縁を繋ぎました。

そして子羊の宿り木でティナと知り合って、ゲーム内で初めて就寝しました。お疲れ様でした。


「おぉ……わたしのゲーム内の行動がまとめられてる！」

こうみると一時間程度で色んな人と出会ったんだなあというのがわかります。あ、ちなみにゲーム内時間は現実時間と同期しています。進む時間は同じですね。ホームページでは一日二十四時間と書いてありました。

そんなすぐには忘れませんが、こうして文字として自分の冒険が振り返られるのはとても素晴らしいです！

「たくさん冒険して、たくさんページを刻みたいなぁ」

いつかこの冒険を振り返ったときに、ページがたくさんあった方が楽しいですからね。

それにまだ星空を目に焼き付けてませんから！

当分は夜の冒険をするためにレベリングしますよ！

明日は土曜日、お休みなので朝からゲームやっちゃおうと思います。

アラームをかけて、と。寝る準備をして。

「明日こそ町の外に出ないとね！」

とっても楽しみです！　おやすみなさい！

2日目　町の外へ・予期せぬ戦闘

朝六時です。おはようございます。我が家は毎日六時半が朝ご飯の時間なので、休みの日でもこの時間に起きます。

顔を洗って、簡単なストレッチをして、リビングへ向かうとすでにお母さんによって朝食の準備が行われていました。

「おはよう満月」

「おはようー」

「庭にいるお父さん呼んできてくれる？」

「はーい」

朝からお父さんは庭で何をしているのか。

庭を覗いてみると、キャンプ用品の手入れをしていました。

「お父さんおはよう朝ごはんよー」

「あ、おはよう満月。今いくよ」

食事と片付けを終えると、お母さんは仕事へ向かいます。

玄関まで見送って、また庭でキャンプ用品の手入れを始めたお父さんに話しかけます。

「お父さんお昼は十三時頃でいい？　メニューのリクエストなければパスタにするけど」

「うん。メニューはお任せで」

「わかった！　わたしゲームやってるから、何かあったらこのトークグループに連絡入れてくれれば、ゲーム内にも届くようになってるからよろしくね」

休みの日のお昼は家にいる人がつくります。今日はわたしの担当です。

そしてユアストには、ゲーム内から外部と連絡を取ることが出来るメッセージ機能があります。トークアプリと連携可能です！　普段使っているトークアプリと連携すれば、ゲーム内からメッセージも送る事ができます。それを利用して家族用のグループを作っておきました。

今は八時。お昼の準備があるので、とりあえず十二時までゲームしましょう！

部屋に戻って、ひとまずまた少しストレッチをして、水分も取って、準備完了！

よし、ログインしました！

ベッドに腰掛けて、まず最初にグレナダさんのところの串焼きを食べます。

起きた瞬間にお腹が鳴ったからです。

まさかお腹が鳴る音まで実装されているとは。

コッコの串焼き（塩）をいただきます。

あっさり塩が肉の旨味を引き出しています。美味しい。

この串焼き割と大きいサイズなので一本で七割お腹いっぱいになりました。

それでは鍵をティナさんに預けて町の外へ向かいましょう！

「おはようございます、ティナさん。鍵お願いします！」

「あらおはよう！　気を付けて行っておいで！」

宿の外に出ると、また昨日とは雰囲気が変わりました。NPCと思わしき方々もたくさん歩いています。やはり朝は朝で町の見え方も変わりますね。

南門へ向かって歩いていると、何やらパンが焼けるような香りがしてきました。

これはちょっと覗いてもいいですよね？　香りに誘われて道沿いのお店に近寄ると、そこはベーカリーのようでした。

たくさんの種類のパンやお菓子が並んでいます！

そう、おやつとか、必要ですよね？　はい、必要ですよ！（自問自答）。

はい、買いました。クロワッサンとパウンドケーキです。おやつに食べます！

このゲームでは、お肉は魔物のお肉が多いので名前に見覚えはありませんがそれ以外はよく見る名前なのでわかりやすいですね。所持金は４５００リルになりました。ちょっと稼がないとです。

まあまずは依頼をこなしましょう。

南門にたどり着きました。

門から出るプレイヤーは門番さんになにか見せてますね。とりあえず同じように並んでみます。

「おはようございます！」

「おはようございます。門から出る場合は渡り人であればギルドカードの提示をお願いします」

ギルドカードを提示しました。

「初めて見る方ですね。門は夕方十八時には閉まりますので、町の中へ入る際は時間までにお戻りくださいね。いってらっしゃい！」

「はい、ありがとうございます。いってきます！」

門番さんに見送られて門を潜ると、目の前には大自然がひろがっていました。

「わぁ……！」


見渡す限りの草原、森、青空、そよ風。とても気持ちがいいです！　街灯は見る限り無さそうなので、星空も綺麗に見えますねこれは！

それにみたことない魔物？　を追いかけたり追いかけられたりしているプレイヤー（らしき人）もいます。なるほど、ああいった風に戦うんですね。

ひとまずわたしは目視できる森に向かおうと思います。

魔力草三十本の採集と角ウサギ十体の討伐依頼をお昼までに終わらせますよ！

「！」

森まで歩いていると、草むらから何か飛び出してきました。

丸くて透明なぷよぷよしたフォルム……これは。

「スライム、というやつでは!?」

水スライム　Lv．1　アクティブ

【粘液】【打撃耐性】

－戦闘チュートリアルを開始しますか？－

スライムと見つめ合って？　いたら、目の前にディスプレイが浮かびました。

戦闘チュートリアル！　やります！

戦闘のチュートリアルは受けようと思っていましたので！

はいを押すと、目の前が明るくなりました。

咄嗟《とっさ》に目を瞑《つむ》り、そして目を開けると何もない空間に立っていました。

「ここは……」

「ここは戦闘チュートリアル専用フィールドでっす！」

「わっ！」

後ろから声が聞こえたので振り返ると、少女の姿をした妖精みたいな方が宙に浮かんでいました。

「わたしは戦闘チュートリアル担当ＡＩのツヴァイでっす！　早速戦闘チュートリアルやってみよ☆」

「は、はい！」

なにやらとても明るいＡＩさんです！

ツヴァイさんが指を鳴らすと、先程見つめ合った水色のスライムと同じようなスライムが出現しました。

「まずは基本的な戦い方！　あなたはウィザードだね、杖持って！」

わたしは杖を手に持ちました。普段はアイテムボックスにしまってあります。

「アクティブって表示されている魔物は戦闘状態にあるんだ。倒すか、逃げるかの二択だね☆」

「逃げられるんですか？」

「逃げ切れればね！」

なるほど……敏捷も上げていくべきでしょうか。

「じゃあ、ひとまず殴る！」

「えっ」

「その杖で！　殴る！　基本モーション！」

な、殴る！

「やぁぁ！」

わたしは杖を固く握りしめて、覚悟を決めて杖を振り下ろしました。

するとスライムのＨＰバーが、二割ほど削れています。

「そのまま！　殴って倒してみよ☆」

「ひえぇ」

振り下ろしたり、薙《な》ぎ払ったりしてどうにかスライムに攻撃を繰り返し、ＨＰバーが全部消えました。するると、スライムは蒸発するかのように消えてしまいました。

「おっけ！　スライムって殴打は効きづらいけど、繰り返せば倒せるんだよ☆」

「そうなんですね……」

「大体の魔物は殴り続けてれば倒せるから、困ったら物理だよ☆」

このＡＩなんか脳筋じゃないですか？？？

ツヴァイさんはまた指を鳴らすと、赤いスライムと水色のスライムが出現しました。

「次はウィザードだから魔法！　この赤いスライムは炎属性のスライム！　水色のは水属性さ！それを踏まえて、炎スライムに水魔法使ってみて！　スライムに向かって呪文唱えて飛んでけ！って思うと飛んでくよ☆」

「は、はい！」

なんか適当なような軽さですが、えっと、水魔法で最初に使える魔法は、ウォーターボールですね。

「ウォーターボール！」

炎スライムに向かって呪文を唱えると、サッカーボールくらいの大きさの水球が炎スライムに向かって飛んでいきました。

するると炎スライムのＨＰバーを半分くらい減らしました！

わたしのＭＰバーは……ほんのちょっと削れていますね。でもあと二十回は撃てそうな感じですね。

「ウォーターボール！」

二回目のウォーターボールで炎スライムは消えました。

なるほど、水は炎に対して高いダメージを与えられる、みたいな相性があるんでしょうか。

「炎属性に対して水属性は高いダメージを与えやすいのさ。炎属性に対して炎魔法使っても、微々たるダメージしか与えられないよ〜！」

「ふむふむ」

「炎＜水、水＜土、土＜風、風＜炎、みたいな感じ！　ヘルプでいつでも確認できるからね！」

なるほど、そういうことなら！　わたしは水スライムに対して呪文を唱えます。

「サンドボール！　サンドボール！」

砂で出来た二つのボールが水スライムに飛んでいきます。

それは二つともスライムに命中し、スライムのＨＰを消し飛ばしました。

「お、理解がはやい！　そんな感じ！　魔法は使えば使うほど熟練度が上がるから、たくさん使うのをオススメするよ！」

「はい、わかりました！」

「魔物を倒せば経験値がもらえるね！　ドロップ品はディスプレイに表示されて、自動的にアイテムボックスに収納される仕組みになっているよ☆」

わあ！　それは便利です！

拾い忘れとかあったら困りますしね。

「あとはこの世界には名持《ネームド》ちの魔物や、フィールドボスって呼ばれるタイプの魔物もいる。それらを倒すと多くの経験値、ドロップ品、たまに称号とかもらえたりするね」

「すっごく強そうですね……」

「うんうん、すっごく強いよ！　準備してから戦うことをオススメするよ☆　基本的な戦い方はこんな感じだよっ敵の攻撃は頑張って避けてね☆」

そんな簡単に言われても……頑張って避けられたら苦労しなさそうですけど……。

痛覚の設定、ちょっと下げときますかね。

ユアストはメニューで痛覚の設定を変えられます。痛覚１００％はリアリティを求める人にオススメです。

でもそれは一般人であるわたしには強すぎるので、痛覚設定は40％くらいにしておきます。人間、痛みがあった方が覚えやすいですからね……。

「戦い方もヘルプに載ってるから、わからなくなったら確認してね☆　じゃ、ばいびー☆」

「ありがとうございましたああ」

お礼を言ってる途中に視界が白く染まりました。

ちょっと軽すぎて信用なりませんが、勉強になりました。

そして目を開けるとさっきまでいた草原にいます。

水スライムさんも健在です。

わたしは杖を構えて、呪文を唱えます。

「サンドボール！」「サンドボール！」

－水スライムを倒しました－
スライムの液体（小）を入手しました。
スライムの液体（小）：スライムを倒すと入手する素材。何かに使える。

何かって何ですか？　とりあえず何かに使えると信じてアイテムボックスに眠らせます。

初戦闘はあっさりと終わりました。

あとは森に向かうまでに何回か戦ってみたいですね。

チュートリアルと移動で割と時間を取られたので、ちょっと走って森へ向かおうと思います。

森へと走る間に、辻斬りの如く出会ったスライムを魔法で倒していきました。

わたし実は護身術を月に二回程度習っていまして。

天体観測もキャンプも、夜遅い時間に暗い場所で行うものなので、護身術くらいは習っておこう。

という家族での相談の上、家の近くにある道場で家族ぐるみで護身術を習っています。

故に、攻撃する、という動作に対して躊躇《ちゅうちょ》はありません！　チュートリアルの時はちょっと怖気づきましたけどね。

まあ一般の女子高生よりは動ける自信があります！　少しだけですけどね！

「ガゥ！」

「うわあ!?」

考え事をしていたら背中にちょっとした痛みと衝撃を受けて転がりました。

急いで体勢を立て直すと、そこには狼が一匹いました。

ウルフ　Ｌｖ．２

【爪】【突進】

ウルフ！　素早そうです。今の攻撃でＨＰが三割削れました。念の為ポーションを飲みます。

「やぁ！」

杖を振るい飛び避けたウルフに向かって、

「ファイアーボール！」

「ギャン！」

当たりました！　すかさず杖で追撃します。そして近距離からの、ウォーターボール！

これは避けられないでしょう！　ウルフのＨＰバーは残り二割です。ウルフの突進を横に避けて、風の魔法も試しに撃ってみます。

「ウィンドボール！」

飛んでいった風の球はグルグル回転しています。わりとエグそうなボールですね！

ウィンドボールはウルフの残りＨＰを消し飛ばしました！

―ウルフを倒しました―

種族レベルが上がりました。

任意の場所へステータスを割り振ってください。

ＳＰを２獲得しました。

メインジョブレベルが上がりました。

ウルフの牙、爪を手に入れました。

お、レベルが上がりました！

種族レベルが上がるとメインジョブのレベルも上がるんですね！

ふむ、レベルアップするとランダムに３ポイント割り振られる、と。任意で振り分けることができるのが２ポイント、ということですか。

ふむ、とりあえずウィザードなので魔攻に２ポイント振りました。

そしてスキルポイント（ＳＰ）で取得可能なスキルを取っちゃいましょう。

ユアストにはスキルポイントを消費してスキルを得る方法と、スキルスクロールと呼ばれるアイテムからスキルを得る二つの方法があります。

大抵のスキルはスキルポイントを消費して取得可能ですが、中にはスキルスクロールからしか取得できない特別なスキルがあるんだとか。

ひとまず狙っていた【料理】を先に取ってしまいます。

次にレベルが上がったら【夜目】や【暗視】を取ります！

森へたどり着きました。

とても立派な森です！　風に揺れる葉の音がとても心地良いです。

さて、魔力草を探しましょう。ついでに角ウサギもサーチアンドデストロイです。

パッシブスキルの【鑑定】は、対象を見つめることで鑑定内容が表示されます。

なのでとりあえず地面に生えてる草を見つめます。

雑草：ただの雑草。元気いっぱい。

これは手抜きじゃないんですかユアストさん⁉　雑草まであるんですか……雑草は今は必要じゃないです。

魔力草：ポーションの材料になる。まだ新芽なので摘まないでね。

あっ……た？　新芽？　つ、摘まないでねって書いてあるから違うのを探しますか。

魔力草：ポーションの材料になる。丁度いい成長具合。ポーションに最適。

あっこれもしかして【植物学者】の効果でしょうか！　とりあえず採取します。

雑草が元気いっぱいなのを見分けられたのも【植物学者】のおかげで植物の状態を見極めてるからなんですね！

なるほどこれはとても便利です！　成長具合によってポーションの効果に影響があるのかも調べてみましょうかね後で。

わたしは丁度いい成長具合の魔力草を採取していきます。

無心で採取していると、依頼分以上に集めていることに気付きました。

自分でポーションを作る際にも使うと思うので、気にせず採取をしようと思います。

次の魔力草に手を伸ばそうとすると、近くの茂みからガサガサと音が聞こえました。

杖を構えて様子をうかがうと、額に角が生えたウサギがいました。

角ウサギ　Lv．1　パッシブ

【跳躍】【突進】

発見！　先手必勝！　殴りからの「ウォーターボール！」

角ウサギの角を手に入れました。


―角ウサギを倒しました―


よし、殴ってから近距離魔法はいい感じですね。この調子であと九体倒しましょう！

魔力草を集めつつ角ウサギを倒すこと四十分程度。

角ウサギを九体倒してレベルも上がりました！　Ｌｖ．１の角ウサギばかりだったので、１レベルしか上がりませんでしたね。

スキルは【暗視】を手に入れました。着々と天体観測に向けて準備してますよ。

森の中には魔力草以外に、果物もありました。

【植物学者】のおかげで、虫食いじゃないか見分けることができて大変便利です。

それにハーブ！　ハーブもありました！　お肉を手に入れたら香草焼き、作りたいです！

今の時刻は、十時くらいですか。ちょっと休憩して町に戻りましょうかね。

森の中でちょっと開けた場所にある切り株に腰掛けます。

魔物が襲ってこないかちょっと様子をみつつ、何も出てこないようなので、買ったクロワッサンを食べます。

「静かな森の中で食べるクロワッサンおいし……」

普通に生活している中だとこのような森は家の近くにはありません。ちょっと遠出しないとですね。

このように静かに過ごせるのも、ゲームならでは、という感じがします。

癒やされる……森の中とても心地良いです。

「よし、お腹も膨れたしルクレシアへ戻ろう！」

森を出てルクレシアの町へと歩きます。

出てくるスライムを魔法で倒しながら、草原を進みます。

「風が心地良いなあ」

正直ここまで五感が刺激されるとは思っていなかったので、とても楽しいです！

戦闘もゲームの醍醐味ではありますが、わたしはちまちま作業するのも好きなのです。

料理をするのも薬師としてポーションを作るのも楽しみです！

最高の料理を用意して、誰にも邪魔されずに天体観測するのを当分の目標にしますかね。

ルクレシアに帰ってきました。

門番さんにギルドカードを見せて、町の中へと入ります。

時刻は十一時過ぎくらいです。まずはギルドに報告してしまいましょう！

「依頼終わりました！　よろしくお願いします！」

「お疲れ様ですミツキ様。ギルドカードをお預かりしますね」

依頼カウンターにいらしたサイファさんに、ギルドカードと魔力草を渡します。

「ありがとうございます、確認しました。依頼完了ですね。魔力草もとても育ちが良く品質が良いので高い評価となります」

－依頼完了しました－
採集依頼達成報酬として500リル手に入れました。
討伐依頼達成報酬として1000リル手に入れました。
ボーナスポイントとしてSP2を手に入れました。

お、高い評価をいただきました！【植物学者】さまさまですね。ボーナスポイントも手に入れました。【夜目】を取っちゃいましょう。

たくさん魔力草を集めていたので、追加で魔力草採集の依頼書を持ってきて魔力草を渡しました。

一度高い評価をいただいたのでボーナスポイントはいただけませんでしたね。

リルを稼ぐには討伐依頼の方が効率は良さそうですね。

所持金は6000リルまで復活しました。もう少し貯めて、キャンプセットや料理セットを入手したいですねぇ。

そろそろお昼の時間なので一旦ログアウトします。

一時的なログアウトなので、ギルドを出てちょっと避けたところでログアウトしちゃいます。

お昼ご飯を食べてログインしました。

今日のお昼はカルボナーラにしました。麺を茹でて市販のソースかけて温玉のせました！

美味しかったです。

さて、今日はリゼットさんのところにお邪魔したいと思います。

お店がやってる時間に、と言われましたがお邪魔にならないかちょっと心配です。

「こんにちは～」

「はい、いらっしゃい。あらミツキさん」

「はい、お邪魔しても良いですか？」

「ふふ、大丈夫よ」

ひとまずお伺いを立ててリゼットさんのお店にお邪魔しました。

ついでにMPポーションを買います。魔法の熟練度を上げるために、魔法だけを使うバトルをしたいなと思っていたので。

「薬師について教えていただけますか？」

「ええ。こちらにどうぞ」

－職業クエストを開始します－

！　びっくりしました。

薬師に関するクエストですかね？

リゼットさんに誘われてカウンターにお邪魔して、用意してくださった丸椅子に腰掛けます。

「まず薬師について簡単に説明させてもらうわね」

リゼットさんによると、薬師とはポーションなどの回復系、耐性やステータスを上げる強化系の薬を作る職業なのだとか。

似たような系統として錬金術師もいるが、錬金術師は敵に攻撃するものの作製を得意としているので似て非なるものらしいですね。

「錬金術師はみんな爆発物作り始めるのよねぇ……」

「そ、そうなんですか」

リゼットさんが呆れたようなお声でそう言ってため息をつきました。

過去に錬金術師さんと何かあったんでしょうか。

「さて、簡単にポーションの作り方を教えるわね」

リゼットさんはそう言って小さな鍋や計量カップ、混ぜる棒？　みたいな道具一式を持ってきました。

「これは初心者向けの薬師セットよ。子どもたちのお古で悪いけど、これを差し上げるわ」

「よ、よろしいのですか⁉」

「いいわよ。このまま眠らせるよりも使ってもらった方がいいもの」

「あ、ありがとうございます」

リゼットさんは魔力草を準備して、お隣に腰掛けました。

「ポーション作りは簡単よ。魔力草を鍋に入れて、ここにお水を入れるわ」

リゼットさんは水瓶から水を持ってきました。

「この水にまず【精製】のスキルを使って不純物を取り除くわ」

リゼットさんは【精製】とつぶやきました。特に見てわかる変化はありませんね。

水に不純物が混ざっていると、効果や品質に問題が出るんだそうです。

「精製した水を入れて、魔力草をこの棒ですり潰すように混ぜるの」

そう言ってゴリゴリと魔力草をすり潰しはじめました。

「ある程度すり潰して混ぜると、こんな色になるわ」

リゼットさんが鍋をみせてくれました。

青汁みたいな見た目をしています。少しドロドロです。

「これだと魔力草をすり潰した水のままだから、またここで【精製】スキルを使うわ。そうするとすり潰した葉などが取り除かれて、ポーションになるわ」

リゼットさんが【精製】を使うと、鍋の中には緑色の透き通った液体ができていました。

魔力草と水でポーションになる、覚えました。ポーション作りは割と力仕事ですね。

「瓶と魔力草は用意したから、試しに作ってみてほしいわ」

「ありがとうございます、やってみますね」

リゼットさんが用意してくださった瓶は十本。

よし、やってみます！

魔力草一束を鍋に入れて、水瓶から水を汲《く》んで、

「【精製】」

水：不純物を取り除かれた綺麗な水。

あ、綺麗な水になっています。それを鍋に入れて、すり潰して混ぜます。

しばらく混ぜると、青汁みたいになってきました。

「【精製】！」

青汁だったものが透き通った液体になりました！

それをカップにいれて、瓶に注ぎます。

ポーション
HPを20％回復する。

作れました！　初ポーションです！

「リゼットさん！　作れました！」

「ええ、よくできているわ」

「このまま作りますね！」

へへ、リゼットさんが褒めてくれました。この調子であと九本作りますよ！

ポーション作りをしている最中、リゼットさんはポーションを買いに来たお客さんの対応をしていました。

「リゼットさん！　ポーション五つ！」

「はい、どうぞ」

「ありがとう！」

リゼットさんのお店に来るのは、緑色の名前の冒険者さん達のようです。

ここは渡り人ではなくて、ＮＰＣ御用達のお店だったんですね。

カレンさんからのご紹介でしたし、ＮＰＣの紹介で来られるお店なんでしょうか。

リゼットさんとの縁を繋いでくれたカレンさんに感謝しつつ、わたしは黙々とポーションを作りました。


―サブジョブレベルがあがりました―


薬師のレベルも上がりました！

薬師に関連する作業を行うとレベルが上がるんですね。

このように集中して行う作業は得意なので、たくさん作りますよ！

十本作り終わると、リゼットさんが紅茶を入れてくださりました。

自分のＭＰも半分くらいまで減っています。

「そのポーションは差し上げるわ。ポーション作りについては大丈夫そうかしら？」

「はい、教えてくださりありがとうございます！」

「いいのよ、薬師が増えるのは大歓迎だわ」

「リゼットさんはわたしの薬師のお師匠様です！　ありがとうございます」

「あら、師匠だなんて。照れちゃうわね」

口元に手を当てて微笑むリゼットさん。押しかけ弟子みたいなものですが、勝手にお師匠様と呼ばせていただきましょう。

「じゃあお弟子さんであるミツキさんには宿題を出しましょうかね」

悪戯《いたずら》っぽい笑顔を浮かべてリゼットさんは奥のお部屋から瓶を三十本ほど持ってきました。

「ミツキさんは渡り人ですものね。次にこのお店にくるタイミングまでに、ポーション三十本、作ってもらおうかしら。そうしたら私がそれを買い取るわ」

「はい、かしこまりました！」

瓶を受け取ってアイテムボックスへと入れます。

「リゼットさんのお店に並べるには効果が低くないですか？」

「ミツキさんが作ったものは他の町でお店を開いてる子どもたちのところで販売させてもらうわ」

「お子さんも薬師なんですね！」

「ええ。他の町で薬師として働いているわ。魔物の活動が少し活発化しているみたいで、ポーションの需要が高いみたいなのよ」

「早めに作って持ってきますね！」

「ええ、よろしくね」

リゼットさんにお礼を告げて、お店の外へ出ます。


―職業クエストを完了しました―

称号、翠玉《エメラルド》薬師の弟子を獲得しました。

―特別依頼が発生しました―
ポーションの納品
ポーション三十本をリゼットの店に納品する。

ふぁ？

え、翠玉《エメラルド》薬師、とは……？？？

作られるポーションに補正がついてる時点ですごい人なのはわかっていましたが、なにやら異名？をお持ちのようです！

今度図書館で調べてみましょう……。

ならば、わたしはそんなすごい薬師さんに弟子として認めてもらいましたので、早めに依頼のポーションを作らねば。

よし、魔力草を根こそぎ森から集めてきましょう。

時刻は十五時頃です。暗くなるまでにどうにか向かいましょう。わたしは森へ向かって走り出しました。

場所は変わって町の外です。

アイテムを拾う必要がないのでスライムへ魔法爆撃しながら走っています。

何回撃てば熟練度が上がるのでしょうか……。

飛び出してきたウルフを避けて杖で殴ったあとに、至近距離でファイアーボールをぶつけます。

この動作にも慣れてきましたね。ゲーム補正、ということにしておきましょう！　わたしは脳筋じゃありませんよ！


―ウルフを倒しました―

種族レベルがあがりました。

任意の場所へステータスを振ってください。

ＳＰを２獲得しました。

メインジョブレベルが上がりました。

レベル上がりました！

何かいいスキルはありますかねぇ……【夜目】や【暗視】は取りましたし、なにか回復系があると助かるのですが。

お、【MP自動回復】なんてものもあります！

HPやMPは時間が経てば回復しますが、そのペースは一分一回復くらいです。ゆっくり目ですね。

ウィザードですし、MPには気を付けなければなりません。取っときましょう！

ユアストはスキル選択が自由です。自分のプレイスタイルに合わせてスキルを取得できます。攻撃や生産などに特化した人たちもいるのだとか。

わたしはウィザードと薬師の両立を頑張ります！　安心安全な天体観測を行う為に、強くならないといけませんからね。

森にたどり着きました。

状態のいい魔力草を採取していきます。

マップをみると、気付けば森の真ん中くらいまで進んでいました。周りを見渡すも木しか見えません。思ったよりこの森は広いみたいです。

「ん？　なんだろうこれ」

木の根元にみたことのないキノコが生えてました。試しに一つ採取してみると、魔力キノコ：魔力を持ったキノコ。ＭＰポーションの材料になる。少し萎びてる。

え、ＭＰポーションの材料！　これは必要ですよ！

みつけたら魔力草と一緒に最優先で採取ですね！

魔力草と魔力キノコを探しながら森の中を進んでいると、開けた場所に出ました。

ぽっかりと空いた木々に囲まれた空間から見上げる空には、夕焼け色に負けないほどに眩く輝く一等星が見えます。

「森の中にこんな開けた場所があるなんて……」

まるでここだけ不自然に木が刈り取られたような雰囲気です。

それにわたしからみた反対側に、綺麗な花畑もあります。遠目でも、色とりどりで綺麗なのがわかります。

わたしはなにも気にせず、開けた場所に足を踏み入れてしまいました。

―魔花の花園に入りました―
フィールドボス　フラワープラントが出現します。

「へっ⁉」

うそこの場所ってまさか！

綺麗だなと思っていた花畑から、巨大な一輪の薔薇が出現しました。そこから蔓《つる》が手足のように伸びています。

フラワープラント　Lv．8
【草鞭】【炎脆弱】【幻惑】

「Lv．8……！」

今のわたしよりも4レベルも高いです！　炎に弱いのはありがたいですが……！

フラワープラントは器用に蔓を利用して移動します。

これは逃げられなさそう、ですね。なんか薄い膜のようなものがフィールドを囲っています。

ポーションに余裕はあります。ひとまずやれるだけやってみましょう……！

「ファイアーボール！」

威嚇《いかく》で放ったファイアーボールは避けられてしまいました。意外と敏捷が高そうです。

そして蔓が鞭《むち》のように伸びてきます。慌てて避けると、その蔓は軽く地面を抉《えぐ》りました。

「うわこっわ！」

あんなの当たったら痛いじゃないですか！

「キャキャキャキャッ！」

しかも鳴きます！　イライラする声ですね！

「ファイアーボール！」「ファイアーボール！」

伸びてくる蔓に向かってファイアーボールを放ちつつ、杖でもう一方から伸びてくる蔓を弾きます。

「絶対初心者装備で来るところじゃないでしょこここぉ！」

ファイアーボールは少しずつですがフラワープラントのＨＰを削っています。

蔓が鞭のように襲いかかり、花びらがナイフのように飛んできます。それを避けながらファイアーボールを繰り出します。

「うぎゃっ⁉」

ただひたすらにファイアーボールを放っていたわたしは、足元にまるで罠のように設置された蔓に気付かず足を引っ掛けて転んでしまいました。

その隙を見逃さず、鞭のような蔓がしなりわたしの身体を打ち付けふっ飛ばしました。

「いっ！　たぁ……っ！」

わたしはすぐ身体を起こして、すぐに前転します。わたしの頭上を花びらが通り過ぎました。

痛覚設定40％にしておいてもこの痛みですか！　１００％にしなくて良かったです！

ＨＰが半分まで減ってしまったので、フラワープラントを見つめながらポーションで回復します。

「中々に厄介ですね……」

飛んできた花びらをファイアーボールで燃やしながら、奴の動きを分析します。

攻撃手段は蔓と花びらです。【幻惑】が気になるところですが、これはよくわからないのでほっときます。とりあえず積極的に炎魔法を当てに行くしかないですね。

ひたすらに炎魔法でフラワープラントを攻撃し続けること三十分ほど。フラワープラントのHPを五割くらいまで減らすことができましたが、気付けばあたりが少し暗くなってきています。

大変です、日が暮れてしまいます！

門も閉まりますし、夕飯の時間もあります！　急いで自分の外部端末にむけて定型コメントのメッセージを送ります。

《ミツキ、緊急クエスト中！》

事前に指定しておいたトークルームに、ユアストからメッセージが送れるシステムがあります。それに家族ルームは先に作っておいたので、ひとまずお父さんに外部から電源を落とされることは無いでしょう。急いで倒さないと！

ファイアーボールで蔓を燃やし、花びらをウィンドボールで散らしつつフラワープラントに近付きます。

「ファイアーボール！」「ファイアーボール！」「ファイアーボール！」

全て命中したと思われましたが、わたしの魔法はフラワープラントをすり抜けました。

「なっ⁉　うぐっ」

わたしが見ていたフラワープラントは煙のように消え、右側から伸びてきた蔓に右手をとられ、

わたしは地面に叩きつけられました。

「ツファイアーボール！」

腕に伸びる蔓をファイアーボールで燃やし、距離を取ります。もしかしてこれが【幻惑】によるものでしょうか。わたしが見ていたものは【幻惑】によって惑わされた幻のフラワープラント、ということでしょうか。なんて事でしょう！

ひとまずポーションで回復して、注意深くフラワープラントを見ることにします。

ファイアーボールを放つと、すり抜けたりすり抜けなかったりします。

何か、何か違うところがあるはずです。蔓を弾く、弾こうとしたらすり抜ける。

何か違和感があるのです。

辺りはすっかり暗くなりました。【夜目】のおかげでまるで昼間のように視えます。

月明かりがフィールドに差し込みました。

「！」

月明かりがフィールドに差し込まれたおかげで違和感に気付けました。

今まで蔓と薔薇の花しか見てなかったので気づけませんでしたが、攻撃がすり抜ける方には、影がありません！

「まぁ！　わかったからどうする！　って話ですけどねぇ！」

「キャキャキャキャキャキャキャ！」

攻撃がすり抜けるフラワープラントの方を攻撃しないと実体？　のフラワープラントも姿を現し

ませんし！　面倒くさいですねえ！

せめて炎魔法の火力がもう少し上がれば……！　もう何度目かわからないファイアーボールをフラワープラントに当てた瞬間、

―炎魔法の熟練度が一定に達しました―

ファイアーアローを取得しました。


なんという天啓《てんけい》！　ＭＰポーションでＭＰを回復し、取得したばかりの魔法を放ちます。

「ファイアーアロー！」

現れた炎の矢はフラワープラントに当たると爆発し、当たった場所から燃え広がりました。

これはいい火力です！　さすがにちょっとＭＰの減りも大きいですが、積極的に使いましょう！

「ファイアーアロー！」「ファイアーアロー！」

最後のＭＰポーションでＭＰを回復します。ヒットアンドアウェイを心がけ、逃げに徹していたので、フラワープラントのＨＰは残り一割程度です。

もうかれこれ一時間以上戦っています。そろそろ気力が限界です。

ファイアーボールで蔓の攻撃を燃やし、燃やしそこねた蔓を杖で振り払い、狙いを定めたファイアーアローを薔薇の部分へ飛ばします。

薔薇に刺さった炎の矢は容赦なく花弁を燃やし、ＨＰを削り取ります。

「ギャッ」

「ファイアーアロー！」

その断末魔《だんまつま》の叫びすらも燃やすように、追加でもう一回ファイアーアローを放ちます。

その炎はフラワープラントの全身を焼き尽くしました。

－フラワープラントを倒しました－
種族レベルが3上がりました。
任意の場所へステータスを振ってください。
SPを6入手しました。
メインジョブレベルが3上がりました。
魔花の花弁、蔓、魔石を手に入れました。
ソロ討伐ボーナスとして魔花装備を手に入れました。
魔花の花園がセーフティエリアになりました。

か、勝った！　勝ちましたぁ！　わたしはその場へと座り込みました。つっかれました！

フラワープラントを倒し、魔花の花園とやらはセーフティエリアになりました。

モンスターも入ってきませんし、ログアウトも可能になりました。

ひとまずステータスを操作します。

わたし、ステータスは満遍《まんべん》なく上げる方が良いのかと思いました。

巷には極振なんて言葉があるらしいですが、考えるだけですごいなぁと思います。


—メインジョブレベルが5になりました—

アーツ【身体強化（魔）】を取得しました。


新しいアーツです。一気にレベルが上がったのでこのタイミングでしたか。

どんなアーツなんでしょう。


【身体強化（魔）】：MPを消費して一定時間魔攻、魔防を上げる。


さっぱりした説明ですね……ウィザードのアーツなので（魔）という意味なんでしょうね。

魔攻、魔防が上がるのはウィザードとして頼もしいですし！

スキルポイントも6あります！　これは後で考えましょう。

さすがに疲れたのでちょっと芝生に寝転がります。こうすると、視界に星空が広がりました。

「わぁ……！」

開けた場所なので、ぽっかり空いた空間から満天の星空が広がりました。とても綺麗です。空気の薄い場所でみる星空と変わりませんね。

「この星の並びは……春の大三角だなぁ」

うしかい座のアークトゥルス、しし座のデネボラ、おとめ座のスピカ。

この三つを線でつなぐと、春の大三角になります。

ゲームと現実との季節感の差はちょっとよくわからないですが、星空は現実のものをそのまま使っているんでしょうか。うしかい座の右斜め上には北斗七星が見えます。ゲーム内は春なのでしょうか。ここも現実の季節とリンクしてるかもです。

現実の星々よりも、星の一つ一つが鮮明に見えているので、普段の夜空で見えにくい星座もとても見つけやすいですね！　春の大三角の真ん中には、かみのけ座という星座もあります。

そのかみのけ座の上にはりょうけん座という星座もあります。北斗七星の下にあるのです。そのりょうけん座の一つの星を大三角に加えて出来る菱形は、春のダイヤモンドとも呼ばれるのです！　美しいですよね！

春の星空は『宇宙の覗き窓』と呼ばれる事もあります。星が少ないので、遠くの銀河を見通すことが出来るのです。春の星空で有名なのは北斗七星ですが、見える星々一つ一つに名前があったり、見える星座の神話に思いを馳《は》せたり……楽しみ方は色々です。和名もおしゃれですし！

時間を忘れて星を線で繋いでなぞっていたところ、

―称号　星の視線　を獲得しました―

なんですって⁉

星の視線：あなたが星をみつめるとき、星もあなたをみつめているのだ。

あなたが深淵をほにゃららのくだりにちょっと似てますね……これローティ様が言っていた『いいこと』ってやつでしょうか？

「ヤバっこんな時間だ！」

もう七時になってしまいます！　わたしは急いでログアウトしました。

「お父さんごめんなさいいいいい」

「なんか忙しそうだったからね。夕飯は野菜炒めとギョーザにしたよ」

「ありがとうううう」

夕飯はお父さんが用意してくれてました……！

夕飯の手伝いをするはずでしたが、手伝えませんでした……次は気を付けます……！

お母さんも帰ってきたので家族でご飯にします。

「満月のメッセージみたわよ」

「ごめんなさい終わらせたかったんだけど……」

「何しても星以外に興味持たなかった満月がこんなにも熱中するなんてね。次からは気を付けてね、ゲームのしすぎもいけないわよ」

「わかってます！　今回も最終的には星空眺めてきたもん！」

「楽しそうで何よりよ」

片付けを手伝って、日課の天体観測を始めます。望遠鏡をベランダにセットして、照準を合わせて覗き込みます。

「今日は金星がよくみえるね」

金星はとても明るくて見やすいので、見つけやすいです！　小さい頃は恒星と見間違えたのも懐かしい思い出です。

一通り惑星を眺めて満足したので、部屋へ戻ります。

あ、フラワープラントを倒した時に得たドロップ品が気になります！

寝る前にちょっとゲームしましょう。

ログインしました。

場所は魔花の花園です。もう門は閉まってしまったのでひとまず安全なセーフティエリアでありますし、この身体はここで一夜を過ごしてもらいましょう……。

えっと、魔花のドロップは花弁、蔓、魔石ですか。魔石ってなんでしょうね？　後でカレンさんにきいてみましょう。

問題はこの魔花の装備ってやつですね。ソロ討伐ボーナス、と言っていたような。

ー魔花の装備ー　任意の武器を一つ選んでください。
魔花の剣
魔花の杖
魔花の盾
魔花のナックル
魔花の双剣
魔花の…………

目の前にディスプレイが出現して、ずらっと武器の名前が並びました！
一つしか選べないんですねぇ…………ふむむ。やはり杖でしょうか。選べるのは武器だけみたいですし。
うん、杖にしましょう！　わたしは魔花の杖を選択しました。

ー魔花の杖を手に入れましたー
魔花の杖：魔花の素材で作られた杖。
ＭＰを消費すると【幻惑】を使用可能。攻撃＋5　魔攻＋10

わあ！　薔薇モチーフの杖が出てきました。

赤い石でできた薔薇が杖の先端で花開き、棘《とげ》の付いた蔓が杖を這うように先端から手持ちの部分までぐるっと刻まれています！　これは序盤にしては良い性能なのでは！

さっそく装備しました。

ミツキ　Lv．7
ヒューマン
メインジョブ：見習いウィザード　Lv．7／サブ：見習い薬師　Lv．2
ステータス
攻撃14（＋5）　防御13　魔攻21（＋10）
魔防14　敏捷14　幸運14
ジョブスキル
【炎魔法】【水魔法】【風魔法】【土魔法】【身体強化（魔）】【調合】【調薬】【精製】
パッシブスキル
【鑑定】【遠視】【気配察知】【隠密】【植物学者】【節約】【料理】【暗視】【夜目】【MP自動回復】
装備
［頭］なし
［上半身］見習いウィザードの服
［下半身］見習いウィザードのスカート

［靴］見習いウィザードのブーツ
［武器］魔花の杖
［アクセサリー］見習いウィザードのローブ
［アクセサリー］なし

魔攻の伸びが凄まじいですね！　魔法の威力が上がるのはいいことです！

これは明日からの冒険が楽しみです。

とりあえず残ったＭＰを使い切ったらログアウトしましょうかね。魔花の花園には小さな泉もありますし、作れるだけポーション作りましょう！

ポーションを十五本作製し、薬師レベルが１上がりました！　明日はポーションもっと作ります！

図書館にも行ってみないとですね。ローティ様が教えてくれたことですし。

わたしは泉の近くの芝生に寝転がり、ログアウトしました。テント、ほしいなぁ……。

3日目　図書館へ

おはようございます！

ログアウトしてすぐ寝入ってしまいました。

スマホを見ると、ユアストから通知が入っています。


Your Story ―ミツキ―

―2ページ目―

あなたは初めて町の外へ出ました。

大きな冒険への第一歩です。

そこで初めてスライムと戦いました。

スライムとの戦いは難なくこなしていましたね。

ウルフに奇襲され初めて体力を減らしてしまいました。しかしその後ウルフを倒し初めてレベルアップしました。

森へたどり着いたあなたは魔力草採集依頼と、角ウサギの討伐依頼を難なく達成しました。

森の中で食べるクロワッサンは格別の美味しさです。

その後翠玉薬師リゼットの下でポーション作りを教わりました。

初めてのポーション作り、成功でしたね。

あなたは翠玉薬師リゼットの弟子となりました。研鑽を積んで頑張ってください。

あなたは魔力草を集めるために入った森で、魔花の花園に踏み入ってしまいました。

あなたは大きく傷つきましたが、戦いのさなか新しい魔法を覚えました。

そして、あなたよりレベルの高い魔花を倒すことができました！　おめでとうございます！

その後星の視線をその身に受け、新しい杖も手に入れましたね。

お疲れ様でした。


わたしの冒険の二ページ目です！　こう見ると二日目にしては大分濃い内容ですね……。

初戦闘したあとになにやら高名な薬師そうなリゼットさんの弟子さんになり、フィールドボスと戦いました。

わたしはのんびり天体観測するべくレベル上げしようとしただけなんですけどね？

よし、今日も一日頑張りましょう！　ストレッチをして、ご飯の準備をして、またログインします！

ログインしました！　ＭＰは……七割までは回復してますね。

とりあえずお腹がすいてるのでコッコの串焼きとパウンドケーキを食べます。

さっきリアルで食べたばかりですが不思議な感覚ですね……。

魔花の花園は昨日と変わりありません。むしろ朝日を浴びてキラキラしています。瑞々しく輝く花がとても綺麗で神秘的です。

「よし、ポーション作っちゃおう」

あと十五本、それに使ってしまった分のポーションも作っておきたいですね。瓶は取ってありますし。

－サブジョブレベルが上がりました－

ポーションを三十本程度作ったところで薬師のレベルが上がりました！

こればかりはたくさんポーションを作らないとですね……。

納品分のポーションも出来上がりました。

そろそろ町へ向かいましょう。MPが残り二割しかないのでなるべく戦闘を避けて行きましょう！

戦闘を回避しながら（逃げながら）町へと戻ってきました。ウルフは素早かったので魔花の杖で殴り倒しました。威力の違いがうっすらわかりました！

「おはようございます、リゼットさん」

「おはよう、ミツキさん」

「ポーションを作って持ってきました！」

「あら、はやいのね」

リゼットさんのいるカウンターに、ポーションを三十本並べます。

「……確かに受け取ったわ。よくできているわ」

「よろしくお願いします！」

―特別依頼を達成しました―

ポーション三十本納品しました。

達成報酬として4000リル手に入れました。

わっ！　大金です！

「今後もポーションを持ってきてくれたら、買い取らせてもらうわね」

「よろしいんですか？」

「ポーションは需要が高いのよ」

確か遠くの町で魔物の活動が活発になってる、と言っていましたね。ルクレシアもそうなる日が来てしまうのでしょうか……。

「とりあえず瓶を百本預けておくわ」

「ひゃ、百本もですか」

「こういう瓶は知り合いの錬金術師のところから卸しているのよ。ゆっくりで構わないわ、またポーションを持ってきてくださるかしら？」

「はい、お持ちします！」

薬師のレベルも上げたいですし、断る理由はありません！

－特別依頼が発生しました－
リゼットのお店にポーションを百本納品する。

「明日からは訪れる時間が不定期になりますので、開いてる時間にお伺いしますね」

「ええ、お待ちしてるわ」

リゼットさんのお店でMPポーションを買い足しました。とりあえずギルドへ向かいましょう。

依頼を受けつつ、カレンさんにお聞きしたいこともあります。

冒険者ギルドはいつ来ても賑やかです。魔力草の採集依頼を一つだけ受けてすぐ納品しました。あと二回採集依頼をこなさないとですね。

討伐依頼はあと四回受ければランクアップです。これも受けておきたいですね。ウルフ十五体討伐の依頼を受けておきます。

残念ながらカレンさんはいらっしゃいませんでした。とりあえず午前中のうちにウルフ十五体討伐しましょう！

タイムリミットはあと三時間くらいですね。では行きましょう！

パンの香りに誘われて、またおやつにパンを買ってしまいました……。

今回はロールパンとフィナンシェです。この世界にはカスタードクリームも生クリームもあります。食文化がわたしたちの世界と似ていますね！
無限に寄り道してしまいそうなのを耐えて、町の外へ向かいました。
「ウルフ、いるかなあ」
十五体も倒さないといけないので、注意深く辺りを見回します。

ウルフ　Lv．5　パッシブ
【爪】【咆哮《ほうこう》】【突進】

ウルフ　Lv．3　パッシブ
【爪】【突進】

ウルフ　Lv．3　パッシブ
【爪】【突進】

いました！　……けど三匹もいます。一匹はレベルも高いです。
なにかあったら魔花の杖の【幻惑】を使いましょう。今回は炎魔法以外を積極的に使いましょうか！

よし、行きます！　杖を握りしめて、わたしは駆け出しました。

「ウォーターボール！」

とりあえず取り巻きのようなレベルの低いウルフを先に倒してしまいましょう。

魔法を放ちつつ積極的に殴りに行きます。殴りも結構ダメージ入りますね……。

レベルの低いウルフを倒し、ふいに背後から気配を感じて右に跳びます。ちょっとかすりました！　あのレベルの高いウルフの突進です。ありがとう【気配察知】のパッシブさん！　どうにか避けられました！

【爪】による攻撃を杖でそらしつつ、至近距離から魔法を放ちます。

少しずつダメージは入っていますが、それでもやはり素早いですね……。

「ウオオオオオオン！」

「わっ何⁉」

離れたところから魔法を撃っていたら、急にウルフが吠えました。【咆哮】のスキルでしょうか。

するとどこからともなくウルフが二体現れました。

ウルフ　Lv．3　アクティブ
【爪】【突進】

ウルフ　Lv．3　アクティブ

【爪】【突進】

ふりだしに戻りました！　あれ、でもこれチャンスでは⁇　適度に【咆哮】させたらおかわりももらえる感じですかね？

そうしたらウルフを探す手間が省けます‼

Lvの高いウルフのHPは七割、というところです。三割減らしたらまた【咆哮】を使うのか、それとも戦闘中に普通に使うのか、試しですね。

「よし、ウィンドボール！」

また取り巻きにはさよならしましょう！

取り巻きのウルフさんを倒して魔法と殴りでHPを減らしていると、ウルフがまた吠えました。

残りHPは四割程度です。ならばあと一回くらいはおかわりありますかね。

「ウィンドボール！　サンドボール！　ウォーターボール！」

MPポーションでMPを回復しながら、魔法を大盤振る舞いします。おかわりください！

ウルフの残りHPは一割になりました。取り巻きウルフは六体倒しましたね。

そろそろおかわりきてくれますかね？

「ウオオオオン！」

そろそろラストスパートですね。気を引き締めなければ！

「うぇ？」

ウルフが一匹二匹三匹……四匹きました！　Lvはみんな3です！

「ちょ、多いですね！？！　うぎゃ！」

一匹の突進を避けたところでもう二匹の突進を受けてしまいました。二匹ならどうにかなりましたが四匹だと勝手が違いますね。ポーションでHPを回復します。よし、使いましょう！【幻惑】を！【幻惑】を使うともう一人のわたしの幻影が離れたところに現れます。

そうすると、ウルフの目がそちらに向きます。注目も集めてくれるみたいです。

わたしのことは見向きもされなくなりましたね。でも幻影が攻撃されて消えれば、わたしの存在感も戻ってきて再びウルフの目を集めます。完全に囮性能ですね！　囮大歓迎！　申し訳ないですが背後から奇襲させていただきましょう！

【幻惑】の幻影に目が向いてるウルフの背後に近づき至近距離から魔法を放ち、殴ります。

その時点でわたしに目線が向きますが、魔法で撹乱《かくらん》してまた【幻惑】を使用します。

Lvの高いウルフもつられてくれますが、幻影が消えるとすぐわたしに攻撃してきます。ぐぬぬ敏捷が高い！　それで取り巻きを倒し、最後のウルフのHPを飛ばしました。

―ウルフを倒しました―

種族レベルが上がりました。

任意の場所にステータスを割り振ってください。

SP2を手に入れました。

メインジョブレベルが上がりました。

ウルフの爪、牙、毛皮、魔石を手に入れました。

終わりましたあ！　つっかれましたね。

薬師のレベルも同じくらいであげたいですね……ウルフは十一体倒しました。あと四匹ですね！

あと少し倒したら、町へ戻って午後は図書館に向かいましょう！

あと四匹のウルフは難なく狩り終えました。これで依頼は達成ですね！　ルクレシアの町に戻りましょう。

ちらほらモンスターの動きに慣れないようなプレイヤーの姿も見えます。もはや懐かしいですね……まだゲーム始めて三日目なんですけどね。

フラワープラントと戦ったからか、少し戦闘に余裕を持ててる気がします。あ、町についたらスキルの吟味《ぎんみ》もしましょうかね。

ポーション以外に回復手段が乏しいので、【MP自動回復】があるなら【HP自動回復】もあると思うので、それも取りたいなと思います。

まっすぐギルドへ向かいました。ギルドでサイファさんに依頼達成の報告をします。

─討伐依頼を達成しました─
ウルフ十五体の討伐：報酬として4000リル手に入れました。

よし、あと三回討伐依頼をこなさないとです。それに手持ちのリルが10000リルくらいまで増えました！　欲しいものはたくさんあるので、もう少し貯めないとですね。

「サイファさん、少し聞きたいことがあるのですが」

「はい、なんでしょうか？」

「カレンさんがいつ頃お戻りになるかおわかりになりますか⁇」

「カレンは確か特別な依頼を受けておりますので、ルクレシアに戻るのは予定では五日後になりますね」

「あ、そうなのですね」

カレンさんに防具屋さんやキャンプセットが売っているお店をお伺いしようと思いましたが、遠出しているようですね。カレンさんはランクCの冒険者さんですからね、お忙しいのでしょう。お戻りになるまでお金貯めてレベルアップしましょう！

「教えていただいてありがとうございます。ルクレシアの図書館ってどちらにあるか教えてもらえますか？」

「図書館は石碑広場を西に向かっていただきまして、突き当りを右に曲がり道なりに進みます。すると、扉に本のエンブレムがかけられた建物がありますので、そちらが図書館になります」

「石碑広場を西に、突き当りを右に曲がって道なりに進んで本のエンブレムのある建物……ですね！　ありがとうございます！」

サイファさんにお礼を告げて、ギルドを出ます。もうそろそろお昼の時間なのでログアウトしましょうかね……そろそろベッドも恋しいですし、子羊の宿り木でログアウトしましょう。少しはMPの回復も速いかもしれれません！

「ティナさんこんにちは！」

「あらミツキさん！　昨日は戻らなかったから心配したよ」

「すみません……戦闘が長引いて町に戻れなくてですね」

「なるほど！　お疲れ様だね！　はい、部屋の鍵さ。ゆっくり休みなね！」

「はい、ありがとうございます！」

一日振りのベッドです。わたしは身体を潜り込ませて、ログアウトしました。

ログインしました！

買い物をしてお昼を食べて、少し身体を動かしてきたので今は十四時頃です。もぐもぐとコッコの串焼き（塩）（タレ）を食べながら午後の予定をたてます。

石碑広場に向かうついでにグレナダさんの屋台を覗いて、図書館でいろいろな本を読む予定です。

よし、では行きましょう！

ティナさんに鍵を預けて、石碑広場へ向かいます。この時間は通りもとても賑やかです。

石碑広場に着きました。そこそこ人がいます……！　わたしはお目当ての屋台に近づきました。

「こんにちは、グレナダさん」

「お、嬢ちゃん元気してたか！」

「はい！　今日も買わせていただきますね！　……今日は何を焼いてらっしゃるのですか？」

「これはジャイアントピグとワイルドボアを焼いてるんだ。パンに挟んで食べると美味いんだぜ！」

はわわ……薄めのステーキみたいなお肉が目の前で焼かれています。わたしは脂身が少し苦手なのですが、このお肉たちはなにやら脂身が少なくきゅっと身が引き締まってる感じがします……！

「パンに挟んでるやつは一個400リルで、焼いて味付けたやつだけなら一枚200リルさ！」

「パンに挟んでるやつを一つずつ買います！」

悩まずパンに挟んだお肉を一つずつ買いました。

ジャイアントピグバーガー：ジャイアントピグの肉を挟んだバーガー。レタスとチーズが挟まれていいアクセント。満腹度＋50

ワイルドボアバーガー：ワイルドボアの肉を挟んだバーガー。ピリ辛なソースが食欲をそそる。満腹度＋50

とりあえず名前の響きから豚と……えっと、猪《いのしし》だったでしょうか。とても美味しそうです！

これは後で景色の良いところで食べましょう！

グレナダさんに挨拶して、わたしは図書館へ向かいます。途中ドリンクを扱うお店もあったので、リンゴジュースを二本購入しました。ほんと食が美味しいですねこのゲーム……！

「えっと、突き当りを右に曲がって道なりに進んで、本のエンブレムの建物……」

サイファさんに教わった通りに道を進むと、本のエンブレムを扉に掲げた建物にたどり着きました！

扉を開けて中に入ると、目の前にはたくさんの本棚！

「わぁ……！」

とても広いです！

「お、初めてさんだにゃあ。こっちくるにゃあ」

本の多さと広さに圧倒されていたら、カウンターにいた方に声をかけられました。慌てて駆け寄ると、まんま猫の頭……猫の獣人さんがいました。

「獣人を見るのは初めてかにゃあ？」

「あ、失礼でしたすみません！　初めてです！」

あまりにも不躾《ぶしつけ》に耳を眺めていたわたしを、頬杖しながらニヤリとみつめてきました。

「アタシはこの図書館の司書のミーアだにゃあ。初めてさんには図書館の利用方法を教えるにゃあ」

「はい、ミツキと言います。よろしくお願いします」

「はいにゃあ。この図書館の本は持ち出しは禁止にゃ。書き写すなら事前に申告するにゃ、ペンと紙を用意するにゃ。あ、ちゃんと代金もらうからにゃあ。図書館一回の利用につき500リルもらうにゃあ」

「はい、わかりました」

「じゃあ図書館を利用するためのカード発行するにゃあ。ギルドカードは持ってるにゃ？」

「はい」

ギルドカードをミーアさんに渡すと、何かの機械にかざします。

すると、ギルドカードと同じくらいの大きさのカードが出てきました。

「図書館を利用するときにはこのカードをカウンターの水晶にかざすにゃ。今日は図書館を利用するにゃ？」

「はい！」

言われた通りにカウンターにある水晶にカードをかざすと、５００リルが自動で支払われました。

「図書館内での飲食は禁止だにゃあ。わからないことは図書館内にいる司書に話しかけるといいにゃあ」

「はい、ありがとうございます！」

とりあえずローティ様からお伺いした通りに図書館に来ましたが、何をしたらいいのかわかりませんね。ひとまず冒険に役立ちそうな本や料理の本を見てみましょうかね。あと薬師に関する本もですね。

本棚の表示をみて魔法に関する本が置かれた本棚へたどり着きました。

なにやら難しいタイトルの本もあります。学術的ですね……初心者向けの本はないのでしょうか。

「あ、『四魔法に関する初歩的な本』……率直なタイトルですね。読んでみましょう」

そのあと色んな本棚をみて薬師に関する本と料理に関する本を手に取り、窓際にあるソファに腰掛けます。

『四魔法に関する初歩的な本』を読み終えました。要約すると、この世界で初歩的な四魔法は、各属性を司る精霊による恩恵、だそうです。この世界に満ちる魔力、通称マナと自らの魔力（ＭＰ）を利用して発動することで初めて魔法となります。

炎の精霊　サラマンダー
水の精霊　ウンディーネ
風の精霊　シルフ
土の精霊　ノーム

彼らが世界に存在することで、人々は各属性の魔法を使えるという仕組みのようです。

彼らの目に留まれば、加護ももらえるんだとか。魔法を正しく使えば使うほど、彼らの目に留まりやすくなるため、一つの属性を極める魔法使いが多い傾向にある、と。悪いことに使う人には見向きもしないんだとか。むしろ罰も与えられるそうです。

中々に神様みたいな存在ですね……わたしは満遍なくゆっくり育てていくことにしましょう。

料理の本もさっと目を通しました。様々な国の様々な料理がレシピとして載っていました。

これレシピ本でしたかぁ……わたしの食欲を刺激して終わりました。

薬師の本には、わたしの知りたいことが書かれていました。

国から認められた特別な薬師は、宝石の名前を賜《たまわ》っているらしいです。

これは薬師に限ったことではないですが、錬金術師や鍛冶師といった生産技術職の人たちで宝石の名前を賜っている人達は、国お抱えの特別な職人とのこと。

リゼットさんは翠玉《エメラルド》薬師。

つまりリゼットさんは国に認められている薬師さん、ということです……！

なんてすごい人に出会えたのでしょう……カレンさんに感謝です。

リゼットさんに恥じない薬師になります、頑張りましょう！

ひとまず気になっていた事は知れました。本を戻して図書館から出ましょうかね。

何を図書館ですればいいか思いつきませんし……。

「よし、本を戻そう」

「……読み終わった本であれば、返却ボックスへ入れればいい」

「ひょっ」

本を抱えて立ち上がったところ、急に話しかけられて跳び上がりました。振り向くと、本を抱えてこちらをみつめる長身の男性がいました。モノクルをかけた、理知的で鋭い刃のような雰囲気を放つ方です。

「あ、ありがとうございます」

「…………」

お礼を告げると、ジッとわたしを見つめていらっしゃいます。なんか動ける雰囲気ではありませんし、少し怖いです。

「な、なにかありますでしょうか」

「……メインジョブレベルが10になったら、転職せずここへ来ることだ」

「へっ」

「私はここの司書のヴァイス。受付カウンターで私の名を告げるといい」

そう言って若い男性、ヴァイスさんは本棚の奥へと消えていかれました。

び、びっくりしました。ひとまず言われた通りに返却ボックスに本を入れました。

メインジョブレベルが10になったら、転職せずにヴァイスさんのところへ行く、とのことでしたね。ユアストはメインジョブレベルが10になったら、上位ジョブへと転職することができます。ローティ様のおっしゃってた事と関わりがあるのでしょうか。

……ここまできたらヴァイスさんの言うとおりにしましょう。なるようになれ、です。

「ありがとうございました！」

「またのご利用をお待ちしてるにゃあ」

ミーアさんに声をかけて、図書館を出ます。空が少しオレンジ色になってきていますね。西の空に一番星が輝いています。そろそろ他の星が出てきますね。

「今日はここまでにしようかな」

この休み中ほぼゲームしてましたからね。明日から週の始まりですし、学生なので昼間は学校が

あります。宿屋でポーションを作ってMP減らしてから今日はログアウトしましょう。子羊の宿り木に戻り、お部屋でポーションを二十本程度作ってログアウトしました。

……なんか忘れているような気もしますが。今日もお疲れ様でした、わたし！

はっ！　スキルのこと忘れてました！　ログアウトしてから思い出すなんて不覚……。

スキルは次にログインしてから決めましょう。

ゲームってやることがたくさんあって面白いですね……。

平日の長めのログインは難しいですが、もうすぐゴールデンなウィークもあります。

そこでエンジョイしましょう。

夕飯を食べて、明日の学校の準備を終えて、ベランダで空を見上げます。ちょっと今日は雲が多いので、諦めて部屋に戻り兄から届く写真を眺めます。

雪景色と満天の星空。兄はいまカナダにいてカレンダー用の写真を撮っています。

オーロラと星空って最高の組み合わせですね！　送られた写真をスマホの壁紙にして、私はベッドに潜り込みます。

今日もお疲れ様でした。おやすみなさい。

4日目　ポーション作製！①

起きました。月曜日ってなんでこんなにやる気が出ないのでしょう……。

朝ご飯を食べて、学校へ向かうために電車に乗ります。

我が家は星を見るために割と都心から離れた田んぼに囲まれた場所に家を建てましたので、朝早く学校へ向かわなければなりません。バスが早い時間から走っているのが幸いです！　駅までもそれなりに距離がありますので！　電車の中でユアストからの通知を開きます。

Your Story －ミツキ－
－3ページ目－
今回あなたは初めて町の外で野宿をしましたね。
安全な場所で行うことをオススメします。
その後ポーションを作製して、初めて特別依頼を達成しました。おめでとうございます。
そして多くのウルフ相手に立ち回り、見事勝利を掴みました！　戦闘に余裕が出てきて頼もしいですね。
その後グレナダの屋台で新しい料理を買いました。お味はどうでしょうか。

初めて図書館を利用しましたね。
ぜひ、たくさんの知識を身に付けてください。
お疲れ様でした。

物語さんにも野宿を心配されてしまいました。今後気をつけましょう。やはりテントが必要ですね。

グレナダさんのバーガーはやく食べたいですねぇ……。

というかこの物語の仕組みはどうなっているのでしょう。まるで誰かがわたしのプレイを見てるかのような書き方ですし。……そういう仕様なんですかね。

ログイン時間が少ない場合はこのページもどうなるのでしょう。今日はポーションだけ作りに行こうかと思っているので、一日一ページならさらっと終わりそうですね。

「よし、今日も一日頑張ろう」

ひとまず学校の授業を乗り越えましょう。頑張れわたし！

授業が終わりました！　学生の本分ではありますが中々大変ですね。

わたしはもちろん帰宅部なので家に帰ります。

「今日帰ったらユアストで一緒に討伐依頼やろうぜ」

「お、いいね何時からやる?!」

クラスメイトの男子がユアストの会話をしています。

ユアストはアメリカのマギアン・スミス社と日本の千歳カンパニーが作り上げたフルダイブ型のVRMMOです。リリースからおよそ半年ほど経っております。売上は三十万本を突破したとサイトに書かれておりましたね。ジワジワとプレイ人口も増えているようです。

チート行為は禁止されていますし、アウトな発言した方も即座にAIによって注意されるなど、運営が目を光らせています。と言ってもユアストは自分のやりたいことをコツコツ行う人向けなので、そこまで過激な人は少ないみたいです。中にはいるらしいですけどね。

友人と仲良くやる人もいれば、一人でコツコツやる人もいます。

わたしには残念ながら学校でゲームの話をするお友達はいませんね……星オタク認定されていますし。ゲームの中でフレンドになってくれる方がいたら嬉しいんですけどね。

あまりこちらのことを気にしないソロの人がいたら勇気を出してフレンド申請してみたいです。

それにユアストは不定期にイベントも開催しているようですし、参加できるならしてみたいですね！　若年層向けなのか、割とお休みの日からの開始も多いとのこと！

とりあえず今日はポーション作製とスキルチェックのために少しだけログインしましょう。そうと決まれば急いで帰りましょう！

途中晩ごはんの買い物をして帰ってきました。

平日は両親共に仕事で帰ってくるのが遅めなので、自分の夕飯は自分で作ります。

インスタントも美味しいのですが、わたしたち家族はよくキャンプしますので、人並みに料理は作れるようになりました。キャンプでインスタントはちょっと味気ないですからね！

といってもそんな凝ったものは作れませんし、夕飯は簡単に済ませてしまいましょう。

焼いた食パンに焼いたベーコンとレタスと目玉焼きをのせて、味付けはマヨソースです。

焼いたのでこれは料理です、いいですね。目玉焼きに何をかけるか論争はほっときます。

「うう、今日も曇ってる……」

ご飯とお風呂をすませてベランダから空をみると今日も曇ってます。昼間晴れてるのに夜曇るのが最近多いです。泣く泣く部屋に戻り、兄から送られてくる写真や他の写真家さんの写真をＳＮＳで眺めます。やはり美しいです。肉眼でみたいなぁ……。

一通り眺めて満足したので、ユアストにログインします！

ログインしてストレッチをします。ゲームの中で筋肉痛とか筋力が落ちるとかは無いと思いたいですが、とりあえず動かしておきます。

「そしてやはりお腹は空いてるんだなぁ……」

ご飯食べたあとのご飯はちょっと、いや大分不思議です。よし、バーガー食べましょう！

わたしはアイテムボックスからジャイアントピグバーガーを取り出します。さっきも食パン食べました。……明日はお米にしましょう。

「いただきます！」

行儀は悪いですが、バーガーを食べながらスキルリストを眺めます。いやこのジャイアントピグバーガー美味しいです。噛みきれるお肉は最高です、チーズがまたお肉に合います。

「あ、【HP自動回復】。これは取っておかないと」

SP2を消費してスキルを取ります。残りはSP6ですね。

ふむむ、こういう時は何を取れば良いのでしょう。防御アップ系か回避系か……ソロですしどちらも必要ですよね。

「んあ、【俊足】なんてのもある」

名前の響きからだと少し足が速くなるのでしょうか。町から森までも走って行きますし、足が速くなるなら時間の短縮にもなりますよね。よし、【俊足】取りましょう！

残りのSP4は何かのために取っておきましょう。わたしはこういうの残しておきたいタイプです。

「ごちそうさまでした！」

リンゴジュースで喉を潤して、宿屋備え付けのテーブルに薬師セットを広げます。

ひたすらに魔力草をすり潰します。ゲーム内ですが、腕が、疲れてきました！

「よし、ポーション作りましょう！」

そういう疲労感もあるなんてゲームすごいです……。

休憩を挟みながら一時間くらいポーションを作り続けました。作れたのは三十五本くらいです。

平日なのであまり遅くまでやると怒られてしまいますので、今日はここまでですね。

MPは半分くらいあります。レベルアップしてMPも増えてるんですねぇ……。

毎日これくらい作れれば自分の分のポーションも作れますね。明日また作りましょう。

わたしはベッドに横になり、ログアウトしました。

「ふぅ……」

VRゴーグルを棚に置いてストレッチをします。明日の準備をして、目覚ましをかけて、と。

「よし、おやすみなさい」

ユアストを始めてから日課にユアストが増えましたね。明日もたのしみです！

5日目　子羊の宿り木でのディナータイム

起きました。すっきりとした目覚めです。わたしはスマホの通知を開きました。

Your Story －ミツキ－
－4ページ目－
グレナダのところで買ったバーガーを食べました。
とても美味しそうでしたね。
新しいスキルも手に入れました。
あなたの冒険に役立ちますように。
その後ひたすらにポーションを作っていました。

手慣れて来ています。頑張ってください。お疲れ様でした。

ふむ、さっぱりしてますね。短時間のログインですし、やってることそのままなので短めですね。たくさんページが増えたら読み返しましょう。それでは、今日も一日頑張りましょう！

今日も今日とて学校です。休み時間の隙間にSNSでユアストについて検索してます。

自らの成果をSNSに綴《つづ》る方もいれば共に戦う仲間の募集をしている方もいますね。

ユアストは顔が写らなければスクリーンショットをSNSに投稿することができるそうです。

……スクリーンショットが撮れるんですね⁉　そんなの公式サイトで見つけられませんでした！

急いで調べましょう。ふむふむ、種族レベルが10になるとスクリーンショットやオークション、フリーマーケット等の機能が解禁されるのだとか。

はやく、レベルアップしましょう！　家族にユアストの星空をみせてあげたいですね。

なにやら動物とのスクリーンショットを投稿している方もいます。テイマーなどの職種なのでしょうか。すごい大型の動物に押しつぶされていますが、かろうじて出ている手は親指を立ててますね……幸せそうで良きです。

こういうのもいいですねぇ。SNSを眺めてたら予鈴が鳴りました。

はやく帰りたいです……。

放課後になりました！　帰りましょう！

帰り道に本屋に寄ってお気に入りの写真家さんの写真集を買って帰ります！

お目当てのものを買ってウッキウキで帰宅しました。この人の写真はその土地の特徴を組み合わせたお写真なので見るのが楽しみなのです。

お風呂とご飯を済ませて、ゲームを先にやりましょう。たまにはお店のご飯も食べてみたいですねぇ。オススメのごはん屋さんとかあったらティナさんに聞いてみましょう！

ログインしました。時刻は二十時です。たまにはお外でご飯食べましょうかね。部屋を出て、カウンターにいらっしゃったティナさんに声をかけます。

「ティナさん、こんばんは」

「はーい！　あらミツキさん、ちょうどよかった！」

「何かありましたか？」

「ウチの旦那がスノーディアのシチューを作ったんだけど、思っていたより量が多くてね。もしよければ食べてくれない⁉」

「わ！　いただきたいです！」

それなら今日はお宿でいただきましょう！

「食堂に向かいなね！　料金は少しだけサービスしちゃう」

ウィンクしながらティナさんは、食堂へと案内してくれました。食堂に足を踏み入れると、美味しそうな香りと活気がわたしを迎えてくれました。

人がたくさんいます……！　どこに座ろうか見渡していると、とある女性と目が合いました。

あの特徴的な猫耳は……！

「おや、ミツキさんだにゃあ。座るところないならこっちおいで～」

「ミーアさん！　お邪魔します……！」

招いてくださったのは図書館で出会った司書のミーアさんです。

「ミーアさんお仕事終わりですか？」

「そうだにゃ、夕飯ってところにゃ。ミツキさんも？」

「はい、ティナさんが誘ってくださって」

「ティナの旦那さんの料理は美味しいにゃ、たくさん食べるにゃあ」

ミーアさんは飲み物片手にステーキを食べられています。ステーキも美味しそうですね！

「はい、お待ちどおさま！」

先程カウンターにいたティナさんがシチューを持ってきてくれました。

「ご飯とパンどっちがいい？」

「ご、ご飯もあるんですか！」

「あるよー！」

「ご飯お願いします！」

「あいよ！」

ちょっとして小さな器にご飯を盛ってきてくださいました。

スノーディアのシチュー：スノーディアの肉を柔らかく煮込んで作られたシチュー。旨味がスープに溶け込んでおり、栄養満点。満腹度＋80

「いただきます！」

口に運んだ瞬間に広がるシチューのクリーミーさの中でも引き立つ旨味がわたしの味覚にダイレクトアタックしてきました。

「うわ美味しい！」

お肉が柔らかいしお野菜もほくほくで美味しい！　これはスプーンが止まりません！

「ティナ～アタシにもほしいにゃあ」

「あいよ！　ミーアの分はすこし冷ましてからのがいいかい？」

「お願いするにゃ。猫舌だからにゃあ」

そんな会話が横で繰り広げられていても気付かないほどにシチューを味わって食べておりますミツキです。いや美味しすぎます。これ寸胴《ずんどう》鍋で欲しいです。

「スノーディアの肉は美味しいにゃあ」

少し冷まされたシチューをスプーンで食べるミーアさんのお顔は綻んでいます。

「ティナの旦那は料理人でにゃあ。自分でモンスター狩りに行くほどの腕を持ってるから多分狩ってきたんだにゃ」

頬杖つきながら厨房へと目を向けるミーアさんに倣って厨房へと目を向けますが人は見えませんね。

「雪国にしかいないのにどこまで行ってきたのやら」

なるほど、スノーディアというモンスターは雪国固有種なのですね。まぁスノーと付くくらいですしね。ミーアさんの会話とシチューに舌鼓を打ちつつ、素敵な食事の時間をいただきました。

「ごちそうさまでした」

「美味しかったにゃあ」

ミーアさんと別れてティナさんに声を掛けにカウンターへ向かいます。

「ティナさん、すっごく美味しかったです。お代は……」

「良かった良かった！　今回は３００リルもらうね！」

「はい！」

３００リルを支払って、わたしは部屋へと戻りました。今は二十一時くらいになります。

一時間ほど使って、ポーションを作りましょう。

「お腹いっぱいでやる気出てきた！」

薬師セットを机に広げて、ひたすらに【精製】すり潰し【精製】瓶に入れる工程を繰り返します。

シチューのおかげかいい感じで集中力が続いたので、ポーションは四十本完成しました！

―サブジョブレベルがあがりました―

サブジョブレベルが5になったためパッシブスキル【品質向上】を手に入れました。

薬師のレベルも上がりました！　それに新しいパッシブスキルを手に入れました。

【品質向上】：生産系ジョブのレベルが5になると取得。作製したアイテムの品質が向上する。（熟練度による）

生産系には嬉しいスキルですね！　それにしてもやっとLv．5ですね。先は長いです。

依頼のポーションはあと五本です。中途半端に残してしまいましたが、これなら明日作り終わりそうです。

わたしは心地よい疲労感に包まれながら、ベッドに横になって、ログアウトしました。


VRゴーグルを棚に置いてストレッチをします。

「現実でもご飯食べてゲームでもご飯食べて心が太りそう」

何言ってんだこいつと思われるでしょうけど、なんとなく太りそうっていう感じです！

まぁゲームなんですけどね！

明日の準備は完了したので、少しだけベランダに出てハンモックに寝転がります。

我が家は周りに家が建ってませんので人目を気にせずベランダで天体観測できます。

幼い頃から使い慣れた星座早見盤を見ながら星を繋ぎます。見える角度が少し変わるだけで星の見え方も変わります。それをみるのが楽しいのです。

まだ肌寒い季節なので部屋に戻ります。

それでは、また明日ですね。

「おやすみなさい」

6日目　ポーション作製！②

起きました。わたしは寝起きがいい方です。とりあえずユアストの通知を開きます。

Your Story －ミツキ－
－5ページ目－
子羊の宿り木でティナの夫で料理人であるリグのスノーディアを使ったシチューをいただきました。
とても美味しかったようですね。
仕事終わりのミーアと出会いました。
新たな出会いに乾杯、ですね。

その後ポーションを作り続けました。

レベルが上がって新しいスキルも覚えましたね。

よいアイテムができますように。

お疲れ様でした。


ティナさんの旦那さんはリグさんというお名前なんですね。お宿でお会い出来たら感謝の気持ちをお伝えしなければ！

ポーションもあと少し、コツコツやりましょう！

よし、今日も一日頑張りましょう！　そのために電車で写真集でも眺めましょうかね！

この写真集最高ですね！　まさかサンバの明るさに負けないくらい綺麗な星空が一緒に一枚におさまっているとは。どんなカメラを使っているんでしょう。

女の子が星空の下の花畑で踊っているお写真も素晴らしいです。

はぁ、眼福です。今日も一日頑張れそうです。


時間は飛びまして。授業終わりましたぁ！

今日も帰ったら天体観測とゲームしましょう。友人に別れを告げて真っ直ぐ家に帰ります。

電車の中にもユアストの広告があります。ＣＭもやってますし人気なんですねぇ。

わたしもやってみてすごく楽しいですし、面白いです。

お風呂とご飯を済ませて、いざログインです！

ログインしました！　顔を洗って窓から外を覗きます。ちょっと小雨が降っています。

ゲームの中でも雨って降るんですね。

アイテムボックスからロールパンを取り出して食べます。ほんのりバター風味のロールパンみたいです。ふんわりバターの香りがひろがります。

「甘くて美味しい……けどしょっぱいのが欲しくなるな……食べよう」

甘いもの食べるとしょっぱいもの欲しくなりますよね？　わたしはなります。コッコの串焼き（タレ）をおかずにします。アイテムボックスのおかげで焼き立てなので湯気とタレが焦げる香りがお部屋に広がりました。

「うっ美味しい……至福」

美味しいご飯を食べると幸せになりますよね！

食事を堪能《たんのう》した私は薬師セットを取り出します。ポーションあと五本、あとは手持ちの瓶の分も作っておきたいですね。薬師はポーション自分で作れるのでお金の心配をしなくて済みますね！

ひたすらにポーションを作り続けた結果、依頼分のポーションは完成しました！

今週の休みにリゼットさんのところへ持っていきましょう！　そしてついでに自分の手持ちの瓶の分も作り終えることができました。よかったです！

ポーションを全てアイテムボックスにしまい、薬師セットを片付けます。そしてベッドに横になりました。

当分の目標はひとまずのギルドランクアップと、キャンプ用品と料理器具の収集ですね。調味料もあれば完璧です。そして防具もどうにかしたいのです。

「あーーーお金が足りません」

手持ちは８５００リルくらいしかないので、全然心もとないです。依頼達成すればすこしはお金がもらえるはずなので、コツコツ依頼を受注しますかね。

天体観測するなら、夜静かな場所で誰にも邪魔されないようにしなければなりません。

夜に行うものなのでテントもほしいですし天体観測しながら食べるご飯は最高なので、それができるように頑張りましょう！　ではログアウトします！

明日も学校ですしさっさと寝てしまいましょう。

「おやすみなさい」

おはようございます。いい朝ですね。朝のルーティンのようにユアストの通知を開きます。

Your Story －ミツキ－

－６ページ目－

あなたは初めてロールパンを食べました。

そのお店のロールパンは一番人気なのですよ。

依頼分のポーションも作り終えたようで何よりです。

お疲れ様でした。


ロールパンは一番人気なんですか！

ちょっとゲーム内で知り得ない情報をこっちで知るの不思議な感覚ですが！　また買いにいきますね！　さて今日も一日頑張りましょう！

学生の本分を全うして放課後になりました。

特にやることはないので真っ直ぐ家に帰ります。

さすがに毎日やると身体も疲れますので、今日はゲームはお休みです。

なので皆さんがユアストでどんなことやってるのかSNSでサーチしようと思います。

ふむふむ、この人は剣士としてひたすらに森の中で剣を振るっていたら、見知らぬお爺さんがアドバイスをくれて、剣の腕が上達したのでお礼を言うためにハーセプティアを旅して回っているとのこと。

すごいゲームみたいなお話ですね。まあゲームですが。

お爺さん見つかるといいですね！

ひたすらに滝行をしていたら悟りを開いて新たなジョブ修験者になった方もいます。ゲーム内の行動で新しいジョブになれたりもするんですね。そういうのワクワクしますね！

ほんとこのゲームは自由なんですねぇ。

テイマーとして日々もふもふに囲まれて過ごしている方もいま……あれこの人この間みた大きなモンスターに押しつぶされて幸せそうにしてた人ですね。モンスターが芸を披露してるスクショを上げてらっしゃいます。戦いだけじゃない楽しみ方があるのは面白いですね！

本人が楽しいならいいと思います！

見るの楽しくなってきました。ふむむ、この人は錬金術師さんみたいですが、アイテムを作ってそれをお試しする動画を投稿されてますね。ちょっと見てみましょう。

そして響き渡る爆発音。

投稿主さんだと思われる人物の手から放り投げられたアイテム？　はモンスターと地面を巻き込んで大爆発を起こしました。

『フフフ大成功ですよぉ！』

かわいらしいお声とは裏腹に画面には焼け野原が映し出されています。すごい威力です。ちょっと怖いので近づかないでおきましょう。そっ閉じ。

他にも自身で作り上げた武器防具のスクショを投稿してる方、生花をしてる方、農業をしている方もいました。

中々皆さん楽しそうです！　わたしはSNS投稿はしませんが、こういうのを見るのは好きです。ちょっとゲームがやりたくなりましたが、週末にたくさんやるために我慢です。

それに明日は近くの道場で護身術を習う予定もあります。気合い入れないとです。

お風呂とご飯を済ませて、ベランダのハンモックでゆらゆら揺れます。毛布があるから寒さは大丈夫です。

手元をライトで照らしながら写真集を眺めます。周りからみたら夜にベランダでライトつけながらハンモックで写真集眺める女子高生の図、中々におかしいですね。

ま、わたししかいませんけど！

この雫越しに風景を撮る写真とかすっごいです。どうやって撮ってるんでしょうか。謎技術です。最高です。

普通の生活に交ざる星空とか、自然の中の星空とか、ちょっと場所が変わるだけで雰囲気全然違いますからね！　わたしも色んなところ行ってみたいです。その欲望はひとまずゲームで叶えましょう！

いい時間帯になってきたので部屋に戻ります。また明日です！

「おやすみなさい」

今日も今日とていい目覚めですおはようございます。明日はお休みですから、今日を乗りきって明日に備えましょう。まずは学業、その後に護身術の鍛錬です。

放課後、帰り道にある道場にお邪魔します。

「失礼します」

「アラ満月ちゃん久しぶりね」

「はい、お久しぶりです。麗香さん」

道場に入ったわたしに声をかけてくださったのは、この道場で空手を門下生に教えてらっしゃる九条昴さんの奥様の麗香さんです。わたしに護身術を教えてくださる師匠でもあります。

といってもわたしは小柄なので、ひたすら麗香さんの攻撃を避け続けたり、腕を掴まれたときの対処、受け身などを教わっています。

月に二回程度通わせていただいております。昴さんにも挨拶した後、ジャージに着替えて麗香さんと向き合います。

「それじゃあ、いつも通り攻撃していくわよ」

「はい、よろしくお願いします！」

麗香さんはいつもわたしがギリギリ避けられる程度に手を出してきます。麗香さんの拳を目で捉えつつ、最小限の動きで身体を動かしていきます。

それを繰り返していると、息が上がります。麗香さんは息一つ乱していませんがね！

目に汗が流れてきたのでそれを左腕で乱暴に拭ったときに、右腕を麗香さんに掴まれてしまいました。

ッ腕を掴まれたときの対処は……！

相手に向かって踏み込んで体重をのせて肘を高く弧を描いて振り上げる！　麗香さんの手が外れたらすかさず距離を取る！

「……咄嗟の対処も身についているみたいね、オッケー！」

「ふへぇ……ありがとうございます」

「満月ちゃんなんか少しだけ避けるの上手くなってるわよ？」

「ふぇ？」

「少しだけ前より周りが見えているわ」

避けるのが上達している……それの心当たりは、ありますね。

「最近ゲーム始めました。ユアスト」

「アラ、満月ちゃんも始めたのね」

「はい、天体観測するために！」

「なるほど、結構身体を動かせそうね。実戦的な経験を積むのに良さそうかしら」

「現実以上に身体が動かせている感じはします」

「昴に少し相談してみるわ」

柔軟を手伝っていただきながら世間話をします。ひとまずゲームを薦めておきました。

麗香さんから効率のいい筋トレを教わり、時間になったので道場をお暇します。鍛錬は一時間程度だけやらせてもらっているのです。

昴さんと麗香さんに挨拶して、帰路につきました。夕日が目にしみます。

現実の身体もちゃんと動かさないと、ゲームとは違うのですぐ衰えてしまいますからね。

天体観測も山登りしたりするので体力が必要なのですよ！

お風呂で汗を流していつもより多めにご飯食べちゃいました。ちょっと疲れているので今日はもう休みます。

明日はリゼットさんのところにポーションを納品しに行きましょう！　そうしたらギルドで依頼でも受けますかね。あと採集依頼が二つと、討伐依頼が三つだった気がします。

討伐依頼三つもやればレベルも10になるでしょうか。

とりあえず頑張りましょう！　明日はゲーム三昧しますよ！

それではまた明日です。

「おやすみなさい」

7日目　緊急イベント

おはようございます！　今日は良い天気です。いつもの時間に起きて、ストレッチをします。

光を浴びてストレッチするのも気持ちいいですね。

朝ごはんを済ませて、早速ユアストにログインをしましょう。

ログインしました。時刻は朝八時です。フィナンシェとコッコの串焼き（タレ）を食べて満腹です。ティナさんのところで延泊を伝えてからリゼットさんのところへ向かいましょう！

「ティナさんおはようございます！」

「はい、おはよう！」

「また一週間分泊まらせてもらっても良いでしょうか？」

「おっけおっけ！　食事はどうする？」

「何回食べられるかわからないので、今回も素泊まりでお願いします……」

ウィンドウで２１００リル支払って、ひとまず鍵をティナさんに預けます。

「了解！　気を付けていってらっしゃい！」

「はい！　いってきます！」

昨日も一晩中雨が降っていたのでしょうか。

雨上がりのルクレシアの町は陽の光を浴びてキラキラしています。うむ、良いものが見れましたね！

ゆっくり歩いてリゼットさんのお店に向かいます。あ、開いてます。良かったです。

「リゼットさん、おはようございます」

「あらミツキさん。おはよう」

「今日は納品しにきました！」

「じゃあこちらへいらっしゃい」

カウンターの中へお邪魔して、ローテーブルにポーションを並べます。

「……80、90、１００。ええ、確認出来たわ。お疲れ様、これは買い取りの料金よ」


─特別依頼を達成しました─

リゼットの店にポーションを百本納品しました。

報酬として２０００００リル手に入れました。


わっ大金です！　懐が暖かくなりました！

「ミツキさん薬師のレベルはどのくらいになったかしら？」

「はい、今はレベル５です」

「それなら、そろそろＭＰポーションの作り方を教えましょうね」

「！　はい、よろしくお願いします！」

ＭＰポーション！　ウィザードはＭＰが命ですからね、作れるならたくさん作りたいです。

「ＭＰポーションは魔力草と、水。そこに魔力キノコを加えて作るものよ。魔力キノコは見たことあるかしら」

「はい、森で採取したことがあります」

「作る手順はポーションと同じよ。ただ混ぜる前に魔力キノコを細かくして鍋に加えるだけなの」

次の瞬間にはリゼットさんが手に持った魔力キノコがみじん切りみたいに粉々になりました！　スキルでしょうか？

「わっ！　粉々になりました」

「ふふ、これは【料理】スキルの熟練度が上がると使えるようになる【みじん切り】っていうスキルよ。よく時間が勝負の料理人が使ってるスキルなの」

まんまみじん切りでしたね！　触れただけでみじん切り出来るのは便利ですね。

「作るたびにみじん切りするのは時間がかかるもの。ミツキさんも時間があったらお料理するのをオススメするわ」

「はい！　わかりました！」

「それまではこのアイテムを差し上げるわ。まだ何個かあるから」

「わ、ありがとうございます！」

リゼットさんが持ってきてくださったのは、料理用に開発されたみじん切り用のアイテムのようです。キノコに上からアイテムを押し付けるとみじん切りになります。ちょっと爽快感ありますね。

そしてポーションと同じようにかき混ぜて【精製】をすればMPポーションになるのだとか。

試しにやってみましょう。

鍋に魔力草を入れて、【精製】した水を投入。そこにみじん切りにした魔力キノコを加えて、ぐるぐるすり潰しかき混ぜます。

「【精製】！」

MPポーション：MPを20%回復する。

出来上がりました！　立派なMPポーションです！

リゼットさんへ勢いで顔を向けると笑顔で頷いてくれました。

「じゃあひとまずあと九本作りましょうね」

「はい！」

新しいものを作るのは楽しいです！

ひたすらＭＰポーション作りに専念していたところ、急にアナウンスが響きました。

－緊急イベント発生－

都市防衛クエストが発生しました。

ルクレシア南方よりモンスターのスタンピードが発生。

至急ルクレシアの防衛、及びモンスターの討伐を行ってください。

ルクレシアの防衛率：１００％

モンスターの討伐率：０％

なんですって⁉　都市防衛クエスト⁉　つ、つまりルクレシアが危ないということでしょうか。

ウィンドウでイベントのページを開きます。

都市防衛クエストとは、ランダムに発生する緊急クエストのようです。

モンスターの討伐、もしくはルクレシアの防衛を行うことでポイントを入手し、最終的な貢献度に応じた報酬が配られるそうです。ルクレシアのために行った行動は全て貢献度としてカウントされます。

モンスターの討伐率が100%になればイベントは終了。ルクレシアの防衛率が0%になったらイベントは失敗、都市が壊滅してしまうそうです。

なにより今回は都市防衛クエストの対象がプレイヤーが最初に降り立つ町、ルクレシアです。参加可能なLvは30以下となっています。初心者、あとは慣れてきたプレイヤー向け、のイベントでしょうか。

それでルクレシアがなくなってしまったら困るんですが！　高レベルの人たちの助力が得られないのは中々大変そうですね。

ただ今日は世間的にはお休みの日です。ログインするプレイヤーが多いはずなので、どうにかルクレシアを守らなければなりません。

プレイヤーは倒れても復活しますが、NPCである住人たちは、復活しないのですから。

「り、リゼットさん!!」

倉庫で材料の整理を行っていたリゼットさんを呼びます。それと同時にルクレシアの町にサイレンのようなものが鳴り響きました。

『ルクレシア冒険者ギルドよりお知らせします。ルクレシア南方よりスタンピード発生、住民は避難所へ避難してください。冒険者は至急冒険者ギルドまで集まってください』

「あらまあ……」

ギルドからの知らせを聞いたリゼットさんは眉間に皺を寄せて考え込む様子をみせます。

「最近近隣の町でモンスターの動きが活発だったから、いつか起こるとは思っていたけれど……ルクレシアでなんて」

「リゼットさん？」

「ミツキさん、忙しくなるわ。ミツキさんは冒険者だけど、モンスター討伐に自信はあるかしら？」

わたしはまだＬｖ．８で、倒せてもＬｖの低いモンスターしか倒せません。それなら何かリゼットさんの役に立てる事があれば、そちらを手伝いたいです。

「まだわたしはＬｖが低いです。なのでお手伝いできることがあればなんでも言ってください」

「……貴女が一緒に手伝ってくれるならとても頼もしいわ、ありがとう。おそらく少ししたらギルドの職員が来るわ。とりあえずお店は閉めて、中庭で作業しましょう」

ひとまずリゼットさんの指示に従ってお店をｃｌｏｓｅにします。そしてリゼットさんの薬師器具を中庭のテーブルに並べます。きっとこれから何かしらの作業があるのでしょう。

リゼットさんは倉庫からあらゆる材料を運び出しております。

わたしもそれをお手伝いします。

「失礼します！　リゼットさんはおられますか！」

「こちらにいますよ」

すると裏口からギルドの職員さんが息を切らして走ってきました。

話を伺うと、リゼットさんにポーション類の納品をお願いしに来たそうです。これから皆さんモンスターと戦うんですもんね。

「出来たものは随時転送をお願い致します。転送布を敷かせていただきますので」

「わかったわ、ポーション類で必要なのは？」

「ポーション、MPポーションは多くいただきたいです。できればハイポーションやフルポーションも」

「ハイMPポーション類も準備するわね」

「よろしくお願いいたします」

ギルドの職員さんはそれらを告げると走り去っていきました。

「それじゃあミツキさん、ミツキさんにはポーションとMPポーションを作ってもらうわね」

「はい」

「ちょっとお手伝いを喚《よ》ぶわね」

リゼットさんはそう言って指を鳴らしました。すると何もない空間から、三体の灰色のドレスを着たうっすら透けた幽霊？　を喚びだしました。

「彼女たちはシルキー、家事を手伝ってくれる妖精よ。作り終わったポーション類は彼女たちが運ぶわね」

「よろしくお願いします！」

頭を下げると、妖精さんたちはくすくす笑って頭を撫でてくれました。

リゼットさんはお店の在庫のポーション類を転送布に載せていきます。リゼットさんが魔力を込めると、布の上のポーションが消えました！　すごい技術です。

今回は薬師として、イベントに貢献したいと思います！

◆◆◆

ミツキがリゼットの所でギルド職員の話を聞いていたとき、ギルドは慌ただしくなっていた。

「急げ！　ルクレシアを拠点とするランクD以上の冒険者たちに連絡をいれろ！」

「千里眼持ちの冒険者は防壁の上から魔物の姿を視認していてください！」

「ポーション類の準備は！」

「町の薬師やリゼットさんに声掛けに行きました！」

荒々しくギルドの職員に指示を出しているのはスキンヘッドでいくつもの傷が身体に刻まれた筋骨隆々な大男、ギルドマスターのディラックだ。ギルドの前はプレイヤーとNPCの冒険者たちでひしめきあっている。

「緊急イベントなんて初めてだな」

「ああ、まさかモンスターがこの始まりの町に襲い掛かるとは」

「Lv制限はあるけど、一応SNSでフレたちにメッセ送っておいたぜ」

プレイヤーたちは固まってギルドの指示が入るのを待っている。初心者装備のプレイヤーたちは不安そうに周りの顔を窺い、身を寄せ合ってヒソヒソ話をしていた。一方戦い慣れてきたプレイヤーたちは、殺気立ってイベントが始まるのを待っている。武器の手入れをしたり、準備運動をしたりと、その立ち居振る舞いは千差万別だ。

「ディラック！」

「カレン！　いいところに来た！　戻ったばかりで悪いがお前に大将を任せたい」

「はァ⁉　なんでアタシが」

「お前が一番強くてランクも高い。集団での戦闘も慣れてるだろう」

「……チッわかったよ。文句言う奴らは黙らせていいんだよな？」

「いいぜ許可する。むしろ見せつけてやれ」

「……了解」

カレンはギルドの前に立って、大剣を地面に振り下ろして注目を集める。

「アタシは大将を任されたカレンだ。指示に従わないやつはアタシが斬ってやる。文句があれば名乗り出ろ！」

カレンが仁王立ちして威圧と覇気《はき》を込めて放った言葉はギルドの前によく響いた。NPCの冒険者たちはカレンの苛烈《かれつ》さをよく知っているため、名乗り出るものは誰もいなかった。

プレイヤーたちもカレンに威圧され、真剣な顔つきになっている。中には口の端を釣り上げてるプレイヤーもいたが。

「目標はルクレシアにモンスターが到達する前に殲滅《せんめつ》することだ！　ポーション類も惜しむな！

補給部隊やヒーラーたちがお前らを治してやる！　お前らが死んだらルクレシアが無くなると思えよ！」

「ギルドマスター！　モンスターの大群はおよそ十キロメートルまで接近してきてるぞ！」

「よし、お前ら急げ！」

ギルドマスターの掛け声のあと、冒険者たちはルクレシアから五キロメートルのところでモンスターたちを迎え撃とうとしていた。数はおよそ五百人もいないだろう。

渡り人、プレイヤーたちはある程度レベルが上がったら拠点をルクレシアから他の町へと移すからだ。

「おーおーたくさんいやがんなぁ」

カレンは大剣片手にモンスターの大群を睨みつける。

しかし口元は笑みを浮かべていた。

「この町を狙ったことを後悔させてやる。お前ら、行くぞ！」

カレンの号令で冒険者たちはモンスターの大群へと突っ込んでいく。

「一匹も逃すなァ！！！」

「ひとまずルクレシアの外壁に結界を張りましょうねぇ」

淡い栗色のウェーブした髪をなびかせ、ダイナマイトなボディをいかにも魔女！　な衣装で覆い隠しながら、壁上に立っている女性はルクレシアの副ギルドマスターであるラディアナ。

彼女は結界術に秀でた優れた結界師である。結界師は各町に数人は配置されている。

万が一、討ちもらしたモンスターたちがルクレシアに近付いたときのために彼女は防衛結界を構築していた。門の前を数十人の冒険者たちが防御を固めている。

「カレンちゃん頼んだわよ」

ラディアナは杖を握りしめながら遠く見える魔物の大群を睨みつけていた。

「避難所はこちらです！　落ち着いて避難してください！」

「ルクレシアの冒険者たちがモンスターとの戦いに出ましたからね」

一方町の中ではギルドの職員や自警団のメンバーが住人たちを避難所へ案内していた。

不安そうな住人たちを励ましながら、彼らは住人を導く。

教会では住人たちは祈りを捧げ、戦いが終わるのを待っている。

避難所では親と思われる大人が、身を寄せ合って震える子供を抱きしめていた。

薬師たちは店でポーション類を作製し、鍛冶師たちも変わらず武器を作り続ける。

ＮＰＣとプレイヤーが協力して町を防衛するイベントの幕が開いたのであった。

◆◆◆

「ミツキさん、ハイMPポーションをここに置いておくわ。ポーションをたくさん作らなければならないけど、私達が倒れてはいけないから休憩を挟みながら作りましょうね」

「はい、頑張ります！」

「私は向こうで作ってるから何かあれば声をかけて」

「はい！」

ルクレシアの防衛率：１００％
モンスターの討伐率：３％

もうすでにモンスターとの戦いは始まっているみたいです。モンスターと戦う冒険者たちのために、たくさんポーションを作りましょう。

わたしはローブを外して、動きやすいように腕まくりします。集中集中！　頑張りますよわたし！　わたしはポーション作製に取り掛かりました。

効率的に、無駄なく丁寧に作ります。

チラリと手元を動かしながらリゼットさんの方を見ると、見慣れない素材がたくさんあります。そしてわたしが一本ポーションを作ってる間にリゼットさんは五本くらい作っています！

手元の動きが見えません。シュバババババって感じです。

わたしもいずれリゼットさんのように優れた薬師になれるよう、尽力します！

わたしはまだ、初心者なので一個ずつ確実に作り上げるだけです。ちょっとだけ、羨ましいですけどね。

「よし、やるぞ！」

わたしが作ったポーションはシルキーさんたちが運んでくれますし、瓶の準備もしてくれます。ありがとうございます！

ＭＰが無くなるまでポーションを作りました。およそ二時間で作れたポーションは八十本です。おお、作れる数が増えている気がします。成長してますね！

イベントの進捗はどうでしょうか。

ルクレシアの防衛率：１００％
モンスターの討伐率：28％

こういうイベントは初めてなので、討伐が速いのか遅いのかわかりませんが、戦場はどんな感じなんでしょうか。

ハイＭＰポーションでＭＰを回復します。そういえば性能はどんな感じなのでしょう。

ハイＭＰポーション：ＭＰを50％（＋10％）回復する。

はわ！　半分回復するのもすごいのにリゼットさんの謎の＋で回復量すごいです！

ジュースみたいに飲んでしまいましたがおいくらなんでしょうこれ。あとでイベントが終わったらリゼットさんのお店のポーション類を眺めてみましょう。

よし、また作りますよ！　回復した分ポーションを作ったらひとまず一回ログアウトしておかないとです。

あ、今度はＭＰポーションを作りましょう。魔力キノコの袋をテーブルの近くに置いておいて、と。魔力キノコをみじん切りにするとなんだか料理してるみたいな気分になってきました。混ぜているだけですけどね。

今日のお昼は何かなぁ……お父さんが作ってくれるはずなので、楽しみにしましょう。

手早く食べられるものだったら最高ですね！

お父さんも最近ジグソーパズル始めたって言ってましたし、きっとご飯は簡単なもののはずです。

まだ見ぬお昼のために、やる気が出たわたしはひたすらにＭＰポーションを作り始めました。

◆◆◆

一方その頃戦場では——。

たくさんの冒険者たちがモンスターを討伐している。魔法やアーツが戦場を飛び交い、野太い声も響いている。

「デモンスラッシュッ!!」

カレンの持つ大剣が黒き光を纏い振り下ろされると、モンスターに向かって黒い刃が飛んでいく。

「チッ数は多いがほとんど雑魚《ざこ》、たまに高レベルのやつが交じっていやがる」

雑魚はNPC冒険者たちやプレイヤーたちが掃討しているが、たまにやってくる高レベルのモンスターにレベルの低い冒険者たちが苦戦していた。

「ッ！　レッドグリズリーだ！　水魔法もちやアーツ持ちが対応しろ！」

レッドグリズリー　Lv.15　アクティブ　激高状態
【雄叫び】【鋭撃】【爪撃】【炎耐性】
【狂化】【水脆弱】

明らかに序盤の町であるルクレシアにいるモンスターではない。出現するのはルクレシアから遠く離れた森の中だ。

雄叫びを上げたレッドグリズリーは、その腕のひと振りで何人かの冒険者をまとめて吹き飛ばした。

「ぐぁあッ！」

「チッ今ので HP半分も持って行かれた！」

「回復しろッ！」

NPCもプレイヤーも関係ない、負けたら終わりの戦いが繰り広げられていた。

しかし他の場所では――。

「チッ歯応えねぇなァ」

両手に装備したナックルでモンスターを文字通りワンパンで消し飛ばしている男がいた。

全身返り血にまみれながら、その目は新たな獲物を探していた。

「もっと殴りがいのある奴はいねェのか！」

そう言って男は次のモンスターへと飛びかかり、容赦なくその腕を振りぬき、トドメとばかりに蹴り飛ばした。

「なんだアイツ、やべー奴だな」

「離れたところのモンスター狩ろうぜ」

他の冒険者からも奇異な目でみられるその男は、嗤いながらモンスターを屠《ほふ》っていった。

「くひひ、ボクの爆発くんの出番ですねぇ」

戦場で白衣を翻しながらモンスターの群れにアイテムを投げる少女がいた。

身軽な動きでモンスターを翻弄する彼女から放たれるアイテムは、容赦なくモンスターたちを爆発音とともに消し飛ばして行く。

「……ちょっと爆発が足りないですわ。もう少し改良の余地アリ、ってとこですな」

眼鏡を光らせ白衣を翻して少女は戦場をかけぬける。戦場は彼女の実験場なのであった。

現在のイベント進捗

ルクレシアの防衛率：１００％
モンスターの討伐率：35％

◆◆◆

回復したＭＰを全て消費して作ったＭＰポーションは六十本になりました。

ひたすら鍋ぐるぐるしてキノコをみじん切り（アイテムでですが）するのは少しだけしんどいです。

時刻も十二時半過ぎぐらいになりました。そろそろちょっとだけログアウトしなければなりません。


イベントの進捗は、と。

ルクレシアの防衛率：１００％
モンスターの討伐率：43％

おお、皆頑張っているようですね。イベントが始まって三時間半程度経ちますが、もうすぐ討伐率は半分になります。すごい勢いで討伐されていってますね。ログインするプレイヤーが増えたのでしょうか。

ひとまず三十分くらいログアウトしなければ。現実の身体が空腹を訴えています。

ユアストは長時間のログインは出来ないので、こまめにログアウトしなければならないのです。

長時間ログインすると警告が出ます。

「リゼットさん」

「あら、もうこんな時間なのね」

「はい、なので三十分程度、じ、自分の世界に戻っても大丈夫でしょうか」

わたしたちは『渡り人』ですので、とりあえず自分の世界に戻る、と伝えてみます。

「そうね、少しだけ休憩も挟みたいし、ミツキさんはミツキさんのしなければいけないことをやってちょうだい」

「はい、済ませたらすぐ戻ります！」

「いってらっしゃい」

ひとまずリゼットさんのお店の中庭から通りに出てログアウトします。人一人通らない町の中は、少しだけ寂しい感じがしました。


お父さんが用意したお昼はサンドイッチでした。

ジグソーパズルに夢中になって、時間がなかったそうです。

「今ユアストで緊急イベントが発生してね、食べ終わったらすぐ戻らないとなの」

「緊急イベント……なにやら大変そうだね」

「負けたら町が無くなっちゃうかもしれない防衛イベントなの」

「それは大事だ、頑張れ満月」

お父さんもジグソーパズルと戦ってくるよ。そう言い残してお父さんはジグソーパズルとの戦いに戻りました。

わたしもお皿を洗って、ユアストへとログインします。


「リゼットさん、戻りました」

「おかえりなさいミツキさん」

リゼットさんはちょうど休憩が終わったようです。お皿を片付けていました。

「……スタンピードが起こるのはとても久しぶりなの」

ポーションを見つめながらリゼットさんがぽつりと呟きました。

「久しぶり、ですか？」

「ええ、私も結構長く生きてるけど、ルクレシアでスタンピードが起こったのは初めて。かつて他の町にいた時に遭遇したことはあるのだけれど、ここまでの規模ではなかったもの」

「そうなのですか……」

たまにギルドの職員さんが、戦況を伝えに来てくれています。ポーションの消費が激しいので、在庫があればそれを持っていくようにギルドマスターから命令を受けて町中を走り回っているようです。

わたしもまさか初イベントが都市防衛クエストとは思いませんでしたけどね。

「戦ってくれている冒険者を回復するために、午後も頑張りましょうね」

「はい！」

ゲームの身体がお腹空いてるのでちゃちゃっとコッコの串焼き（塩）でお腹を満たして、ハイMPポーションでMPを回復させます。

午後もまたポーションから作っていきましょう。皆様の回復のために、頑張ります！

現在のイベント進捗
ルクレシアの防衛率：100％
モンスターの討伐率：48％

◆◆◆

「クソッ死に戻っちまった」

「あたしも倒されちゃったわ……」

ゲーム始めたてのLvが低い二人のプレイヤーは、Lvの低いモンスターを相手取ってコツコツモンスターを狩っていたが、合間に出てくる高レベルのモンスターの攻撃を受けてルクレシアへと戻ってきていた。

「モンスター討伐率ももうすぐ50％になる、ってのに」

「結構あたしたちモンスター倒したよね」

「死に戻ったらステ半分になるのキツイよなぁ……時間が経てば回復するんだろうけど。それまでの間にイベントが終わらんとも限らないしな」

「とりあえず一回ログアウトしよ、それでフレにも声掛けとこ」

「ああ」

死に戻ったプレイヤーはログアウトし、ほかの町で活動しているＬｖ．30以下のフレンドに声をかけたり、バッドステータスのまま戦闘しに行ったりするのであった。


「おーーー数が多いなァオイ！　このペースだと夜になるぞ！」

カレンはそう言いながら大剣を振るうのを止めなかった。レベルの高い冒険者たちは順調にモンスターたちを討伐し、補助が得意な魔法使いたちもバフデバフを戦場で振りまいていた。

ちょうどモンスター討伐率が50％に達したとき、それは現れた。

およそ三メートルありそうな大柄な体躯、人と同じように鎧を身に纏《まと》い、大きな棍棒を片手に持った緑色した大きなモンスター。

「チッ高練度の鑑定持ち、鑑定しろ！」

「もうしてます！　伝えますすよ！」

カレンの掛け声に目隠しをした冒険者が叫ぶ。

彼は視えすぎるがゆえに布を目に巻いているが、優れた目を持っている。

ＮＰＣで鑑定持ちは、数少ないのだ。

ゴブリンキング　Lv.28　アクティブ　激昂状態
【狂化】【号令】【棍術】【覇気】
【捕食】【剛力】
ゴブリンナイト（剣）　Lv.20　アクティブ
【狂化】【剣術】
ゴブリンナイト（槍）　Lv.20　アクティブ
【狂化】【槍術】
ゴブリンナイト（弓）　Lv.20　アクティブ
【狂化】【弓術】
ゴブリンウィザード　Lv.20　アクティブ
【炎魔法】【水魔法】【風魔法】【土魔法】

「ここからが本番って訳だ」
カレンはゴブリンキングを睨みつけて口角を上げると、周りの冒険者たちに向かって叫ぶ。

「アタシがゴブリンキングのヘイトを稼ぐ！　お前らはヘイト向けられない程度に攻撃しろよ！」

「おう！　任せろ！」

「周りの雑魚は消し飛ばしておくわ！」

それに伴いプレイヤーたちの士気も上がる。我先にとモンスターたちを倒し始めるのであった。

「ハハッぶっ殺してやる」

「いい実験台になりますわぁ」

「刀の錆《さび》になってもらおう」

「腕が鳴るわァ！」

血気盛んなプレイヤーたちはモンスターの大群へとその身を躍らせるのであった。

◆◆◆

休憩を挟みながらポーションをひたすら作り続けます。ＭＰが尽きたら、回復してＭＰポーションを作る、その作業を続けること三時間程度経ちました。

累計でポーションは二百本、ＭＰポーションは百本作っています。ゲームですが、さすがに腕がしんどいです。割とプルプルしてきました。

イベントの進捗は……。

ルクレシアの防衛率：１００％

モンスターの討伐率：74%

わ、もう70%を超えています。ラストスパートな感じでしょうか。

「ミツキさん、疲れたでしょう？　これを飲んでもう少しだけ頑張りましょう」

「あ、リゼットさん。ありがとうございます」

リゼットさんがティーカップを目の前に置いてくださいました。

見た目は普通の紅茶ですね、いただきます。

「いただきます。……ふぅ、美味しいです」

「よかったわ。クッキーも食べて頂戴な」

味はアールグレイな感じですが、後味はスッキリした花の香りが鼻に抜けます。

それになんだか身体が軽くなったような気もします。

「なんだか疲れが取れたような気がします……！」

「あら、良かったわ。これは特別な紅茶なの」

特別な紅茶……ちょっと鑑定してみましょう。

リゼットのフレーバーティー：リゼットが栽培した茶葉で作られたフレーバーティー。

疲労回復効果がある。

疲労回復効果がある⁉

す、すごいです！　飲めば飲むほど身体が軽くなります！　というか、リゼットさん茶葉の栽培もしているのですね……すごいです。

この世界にはエナジードリンクみたいなのはあるのでしょうかね。いやまあエナジードリンクよりも効果高すぎるんですけどねこの紅茶……美味しいです。

「それにしても今回はかなり大規模なスタンピードだったみたいね……まだモンスターが出てるのかしら」

「モンスターの討伐率は六時間ほど戦って74％になっているので、かなりたくさんのモンスターがいたのかと」

頬に手をあてて困ったように首を傾げるリゼットさんに、モンスターの討伐率を伝えました。

「あら、渡り人さんはそういうのもわかるのね。さすが神の加護を得てこちらの世界へ渡る力を持つ人たちね」

「あ、ありがとうございます」

渡り人は皆さんから見るとそういう解釈の人間なんですね。

まぁ確かに死んでも復活するのは魔法以外では神の加護と捉えられても間違いありません。

むしろ凄すぎですね、プレイヤーすごく多いので全員に加護があると考えると神様すごい力をお持ちです。

ちょっと休憩したので、そろそろポーション作りに戻ります。初めてこんなにたくさんのポーションを作っているのですが、レベルが上がらないのはイベントが終わったら、ということでしょうか⁉　さすがに2、3レベルくらいは上がってるはずですからね！

むしろこのまま作り続けるとレベル10へのリーチがかかるかもですね。

でもちょっと心配なのは今時刻が十六時頃なのです。モンスターは夜になると活発化するはずなので、活発化したモンスターが大群で押し寄せたら冒険者たちも危険ですし、ルクレシアも危険です。

戦場は大丈夫でしょうか。どうにか、皆様がモンスターを倒してくれることを祈るしかないですね。

◆◆◆

カレン《アタシ》は考える。

アタシのレベルは45である。本来格下であるゴブリンキングには負けるはずも無いのだが、ここにはレベルの低い冒険者や戦いに不慣れな冒険者もいる。経験値を得るために攻撃させていたら、思った以上に時間が経ってしまっていた。

アタシが倒しちまってもいいんだが……。

それにおそらくラストにデカいやつがくる、アタシの冒険者としての勘がそう告げている。

渡り人たちも奮戦しているが、いかんせん数が多くて手が回りきらない。

ルクレシアの防衛に万が一があるため人数分は残してきたが、想定していた以上にモンスターの数が多かったのも、この乱戦の一因だろうが……。

アタシに余裕はまだあるが、他の奴らは大分疲れが溜まってきているようだしな。

「ひとまずコイツは倒しちまうか」

ゴブリンキングのＨＰはそろそろ三割、そろそろ狂化するだろう。

他の奴らに余力を残すために、アタシは大剣を構えて飛び出そうとしたが、

「オッラァッ！！！」

横から飛び出してきた冒険者がゴブリンキングの横っ面を殴り飛ばした。

（ッ渡り人か⁉）

アタシはルクレシアの冒険者をほぼ把握している。見覚えが無いということは面識のない渡り人と言うことだ。

返り血にまみれ嗤いながら両腕を構えるその姿はまるで悪魔のようだと思った。

「なんだ、殴りがいのある奴いるじゃねェか」

「ゲッ」

「うわアイツ確かレンって言うプレイヤーだろ」

「巻き込まれねえうちに離れようぜ！」

数人の渡り人が何処かへ向かったのを横目に、アタシは飛び出してきた渡り人を見つめた。

至近距離でゴブリンキングを殴り攻撃を躱し確実にＨＰを削り取って行く渡り人。

素早い動きで翻弄する渡り人の攻撃に、ゴブリンキングは苛立ちを隠さず、咆哮をあげる。

なんだ、無茶苦茶な戦いをする奴だな……。

だがこのままいけばゴブリンキングはおそらくコイツに倒されるだろう。アタシは近くにいた補

助魔法使いに渡り人のサポートを指示して別のモンスターを倒しに向かう事にした。

この場を去るカレンと呼ばれたNPCを見送って、俺はプレイヤーの戦いを木陰から見つめる。

あ、俺は隠密クラン所属のしがないプレイヤーだ。プレイヤーのアーツとかの情報を集めている。

今は注目されているプレイヤーの戦闘情報を集める為に、戦場を移動していた。そうして見つけたのがあのプレイヤー、レンだ。

咆哮をあげたゴブリンキングは赤いオーラを纏い、その攻撃は苛烈さを増していく。

レンは、嬉々としてゴブリンキングに殴りかかる。

周りの冒険者たちは、巻き込まれないよう……邪魔をしないように周りのモンスターたちを倒していくのであった。恐ろしいプレイヤーだな……。


「うーーーんちょっと氷結力が足りないですな」

所変わって、再び隠密クラン所属のプレイヤーだ。

今目の前で、凍りついたモンスターの前で頭をひねっている少女は名前をミカゲというプレイヤーだ。

白衣を翻して戦場をアイテムで蹂躙《じゅうりん》していた彼女は、自分のアイテムを実験するためにイベントに参加しているのだろうか。先程からとんでもない威力なんだが……。

「もう少し氷結草の量を増やして調合した方がいいかなー」

目の前のモンスターは足元から首元まで凍っている。

だが彼女の言う氷結力とやらが足りないせいで、顔まで凍り付かなかったようだ。

「ま、いいや。改良の余地はわかったからバイバーイ」

その場から離れた彼女は手に持った試験管をモンスターに向かって投げ、背を向ける。

爆発音と爆風が彼女を襲うが、彼女にダメージは一切ない。

「爆発くんももう少し爆発力が必要ですわ。爆発キノコの粉末作らねば」

彼女の頭はアイテムを作ることで占有されているようで、モンスターを倒すのはついでなのかもしれないな。

「じゃ、ボクはこの辺でかえろっかな。おつー」

満足したのか、彼女はその場から歩いて離れるのであった。お、恐ろしいプレイヤーだ……。

一方その頃――。

「よし、仕事も終わったしイベント参加するぞー」

「リーダー！　待ってたぜ！」

「早くしないとイベント終わっちゃうよ！」

「おー悪い悪い。それじゃあ行くか！」

ルクレシアにはタイミングの合わなかった高レベルのプレイヤーたちが続々と集まっていた。

モンスターの殲滅に向けて、着々と戦力が集まるのであった。

◆◆◆

こんばんは。夜になってしまいました。時刻は十八時です。

イベントの進捗状況はこんな感じです。

ルクレシアの防衛率：１００％
モンスターの討伐率：91％

討伐率の進みが速いですね！　参加プレイヤーが増えたのでしょうか。

皆様が討伐してくれてるおかげで防衛率は１００％のままです！

わたしはＭＰポーションを七十本つくりました。ポーションを作るよりは魔力キノコをアイテムで刻む分ちょっと時間がかかりますね。

このままのペースならあと二時間くらいで、イベントは終わりそうな気がします。

イベントが終わるまで頑張りたいので、外部の端末にメッセージを送っておきます。

【大切なイベントをしています。ログアウトする時間が遅くなります】

よし、これで大丈夫でしょう。この辺は寛容な家族なので、ありがたいです。

わたしはリゼットさんの様子を窺います。

わたしと同じ時間でわたしの倍以上ポーション類を作っているリゼットさんの手元は最初とペー

スが変わっていません。普通にポーションを作るより、ランクが高いポーションを作っているので、作製の手間は多いはずです。

されど作るポーション類の品質は下がらず、量も変わりません。

きっとこれがリゼットさんが今まで培われた経験の成果なのでしょう。とても素晴らしいです。翠玉《エメラルド》の称号を持っているので、普通の薬師でないのは確かです。

そもそも普通にポーションを作っていますが、何か魔法を使うとかアイテムや素材を入れるとかしなくても出来上がるポーション類に補正が付くのはなんなんでしょう。とても気になります。

リゼットさんの弟子として恥ずかしくないように研鑽《けんさん》を積んで、頼りにされる薬師になれたら、聞いてみましょうか。

よし、ポーション作りを再開しましょう。ハイＭＰポーションでＭＰを回復して、今度はポーションを作ります。

シルキーさんがスタンバイしてくれてますので、急いでかつ丁寧にポーション作製しましょう。

このポーションが冒険者たちを助けてくれますように。

◆◆◆

隠密の名に恥じぬようひっそりと戦闘を眺めていると、いつしか、ゴブリンキングとの戦闘はレンとの一騎打ちのようになっていた。

ゴブリンキングの周りにモンスターはおらず、レンの周りにも冒険者たちの姿はない。みなモンスターの出現元まで戦線を移動したようだ。モンスターをルクレシアから離すには戦線を動かすほうが効率的だからな。参加するプレイヤーも増えたし、モンスターの殲滅率は上がっていっただろうが……流石にこの戦闘に交ざる程のスキルは無いわな。

彼としてもレベルでは劣っているが、負ける気はサラサラないようだ。そしてゴブリンキングは、目の前の敵《かれ》を倒したい。

お互いにお互いを見据えていた。ゴブリンキングのＨＰは残り一ミリ程度、風前の灯火である。一人で戦えるの本当にすごいな……。

その残り少ないＨＰを燃やすかのように、ゴブリンキングは雄叫びをあげた。

「グオオオオオオオオオッ」

「いいねェいいねェ。戦いってのはこうでないとな」

彼の顔に浮かぶのは狂気的なまでの笑顔だ。お互いに魔力を込めて右腕を振りかぶり、次の瞬間大きな爆発が起きた。煙が晴れるとそこには、腕を振りぬいた状態のレンの姿があった。

「そこそこ楽しかったぜ」

レンはそうつぶやくと、モンスターの移動の跡を追って走り去っていった。ま、まだ戦う気でいる、だと……闘争心が恐ろしく高いプレイヤーだ。とりあえず彼の戦闘に関するデータは集まったから、俺も移動するとしよう。

（あのレベル差でよくもまぁそこまで……しかもまだ戦う気でいるわ）

その様子を遠くから眺めていたのは、ギルドの受付担当サイファだ。彼女はギルド職員であるのと同時に諜報、潜入を得意とする暗殺者なのである。万が一レンがゴブリンキングを倒せなかった際にとどめを刺すために待機していたが、ゴブリンキングが倒れ消滅したのを確認し、音もなく姿を消したのであった。

そしてカレンたち冒険者と多くのプレイヤーたちは、先の草原で戦場のモンスターが全て魔法陣へ吸い込まれていくのを注意して眺めていた。

「おい、カレンこいつは」

「十中八九ラスボス召喚のためのエサだろうな」

「だよなぁ……」

「夜の戦闘に慣れてないやつはスキル持ってなければ取るなりなんなりしろよー」

辺りは闇に包まれている。完全に日が沈んだ戦場は、下弦の月明かりに照らされていた。

こんな大規模な魔法陣誰がこんなところに設置したんだか。

カレンは眉間に皺を寄せて魔法陣を睨みつける。すると、魔法陣が赤黒く光り始めた。

「お前ら！　戦闘準備！」

カレンの号令で冒険者たちはそれぞれ己の武器を構える。黒い煙と共に魔法陣から出てきたのは……。

ドラゴンゾンビ　Lv．36　アクティブ
【腐食】【ブレス】【捕食】【炎魔法】
【闇魔法】【噛みつき】【斬撃耐性】
【狂化】

「おいおいふざけんなよ」

カレンはドラゴンゾンビを睨みながら頭を抱えた。

「こんなところにいていいモンスターじゃねえだろうが」

「ギルドマスターに応援要請するがいいか」

「ああ。光魔法が使えるやつが必要だ」

「近くにいればいいんだが、」

「皆様、お待たせしました」

騒がしい戦場の中でも透き通る可憐な声が響き渡った。

「悪しき気配が降り立つと、主より神託を授かりました。主よ、悪しきものと戦う皆様にどうか破《は》魔《ま》のご加護を」

純白の修道服のような服装をした少女は、両膝をついて胸の前で手を組むと、少女の祈りに応えるかのように、戦場に白い光が降り注ぐ。それは冒険者やプレイヤーの身体へ吸い込まれ、うっすらと彼らの身体を覆った。

「聖女様、我らの後ろに」

「はい、後は頼みましたよ」

「お任せください」

彼女の傍らに寄り添うのはシンプルだが使い込まれた鎧を着込んだ女性である。

「あ、あれは」

「お前知ってるのか？」

近くでみていたプレイヤーが小刻みに震えている。

「聖女のロールプレイをするために奉仕を繰り返し聖女に弟子入りして聖女として認められた聖女ちゃん、モモカ！」

「聖女ちゃん」

「その聖女ちゃんの護衛としてどこへ行くにも供をする騎士団に所属するロールプレイ女騎士、シンディ！　とプレイヤー騎士団たち！」

「ロールプレイ女騎士とプレイヤー騎士団」

「普段は王都で活動してるのにこんなところでみられるなんてな～!!」

モモカを下がらせたシンディは、その片手剣をドラゴンゾンビへと向ける。

「ギリギリイベントに参加できるレベルで良かった。我らもルクレシアには世話になった。聖女様の御心の為に、成敗してくれる」

思わぬプレイヤーたちの参戦により、戦場はさらに混沌の渦にのまれるのであった。

「リーダーはーやーくー！　絶対アレラスボスとの戦いだよぉ！　始まっちゃうよぉ！」

「足遅いよープレイヤーで初めてルクレシアで自警団組織してその隊長になったくせにーー！」

「お前らと違って俺の身体はでっかくて重いんだぞー」

「お前らリーダー馬鹿にしてんじゃねーぞ！」

リーダーと呼ばれた大柄な男たちは、戦場へと急いでいた。

彼らが戦場にたどり着くまで、あと……？


「何がなんだか知らないが、増援ならありがたいな。行くぞお前らァ！」

カレンと彼らは面識はないが、増援だと判断してドラゴンゾンビへと向き直る。光魔法の使い手で冒険者たちに光属性を付与するなんて、聖女でなければできない芸当だ。

「うおおおおおやったるぜえええ」

「渡り人ばかりに頼ってらんないよなぁ！」

「聖女ちゃんサイコー！」

「俺達も悪あがきすんぜー！」

NPCもプレイヤーも、お互いに士気が高まりドラゴンゾンビに突撃していく。

中にはおかしいテンションの奴らもいるが。

若い冒険者がドラゴンゾンビに斬りかかる。

まるで泥でも斬ったかのような感触だったが一緒に剣も溶けた。

「うげっ剣が溶けましたぁ！」

「下がって補給から新しい剣もらってこい！」

「はい！」

「ゾンビだからか斬撃あんま効かねぇかな……」

「それになんか【腐食】ってのがヤバそうだよなぁ」

「それフラグってやつだから」

ドラゴンゾンビは腕と羽で周囲をなぎ払い、首を後ろに大きく反らせた。

「ッブレスが来るぞ！」

「お任せあれッ！」

大きな盾を持ったプレイヤーがドラゴンゾンビの前に立ちはだかる。

「一日一回しか使えないのだからここで使うしか！【絶対防御《イージス》】！」

盾とともに展開された薄紅の壁は、見事ブレスを防ぎ切った。

「よくやった！」

「あとはお任せしますっ」

「聖女様に栄光あれ！【ホーリースラッシュ】！」

シンディの放つ斬撃はドラゴンゾンビの片羽を切り飛ばす。その瞬間にプレイヤーたちもドラゴンゾンビに魔法や斬撃を与えていく。

それでもまだドラゴンゾンビのＨＰは八割残っている。

「ガァァァァッ」

ドラゴンゾンビは咆哮を上げると、斬られた片翼を再生する。そして黒い炎で出来た矢を無差別に放った。

「ギャァァァ!?」

「当たると燃え広がるぞこれ！」

「しかも消えねぇ!!」

地面も冒険者たちも黒い炎に焼かれていく。

その攻撃でレベルの低いプレイヤーたちのＨＰバーは一瞬で消し飛ばされた。

「【ホワイトベール】」

騎士に囲まれながら膝を突いて祈りを捧げるモモカが放ったアーツは、冒険者たちの黒い炎を消した。

「おお、すげぇ……」

「聖女ちゃんサイコー！」

「ありがとー聖女ちゃん！」

プレイヤーたちはなんとでもなるが、ＮＰＣは死んでも生き返らない。ゆえにモモカは聖女として、ＮＰＣを死なせないようにずっとアーツを発動している。それはモモカの負担となっていた。

「聖女様……」

「いいのです。彼らを死なせてはなりません」

「……ご無理はなさらないよう」

「ドラゴンがいるときいてきちゃった」

あまりにも軽い挨拶に一部のプレイヤーが顔を引きつらせて振り返ると、そこには見覚えのある白衣を着た少女の姿があった。

「げぇっマッドサイエンティストのミカゲだ！」

「お前らドラゴンゾンビから離れろ！」

「失礼ですねー。フレンドリーファイアはしませんぞー」

ミカゲは両手の指の間すべてに試験管を挟みながら、軽い掛け声でドラゴンゾンビへと己の作品を投げる。

「えい、えーい」

「ガッ!?」

軽い掛け声とは正反対の大爆発がドラゴンゾンビを襲う。

羽は燃え、手足は凍り付き、ところどころ腐った身体が焦げ付いている。

「改良結果は良好ですなくひひ」

「お前ら本当に巻き込まれてねぇよな!?　大丈夫だよな!?」

「ルクレシアの冒険者さん達も大丈夫か!?」

「なんだ、渡り人にも面白い奴らがいんなぁ」

「頼りになるなあ渡り人たちは」

カレンたちは爆風に飛ばされたが怒っておらず、むしろ笑い飛ばしていた。

「それもういっちょー」

「グッ……ガァァァァア！！！」

「あ、やば」

あまりに爆発が煩《わずら》わしかったのだろう。ドラゴンゾンビは標的をミカゲに定めた。

そして少ない動作でブレスを放つ。それは人ひとり吹き飛ばすには十分な威力であった。

「いくよカイ！」

「いくよユイ！」

「「【ツイン・インパクト】ッ!!」」

ドラゴンゾンビの真横から与えた打撃はドラゴンゾンビの体勢を崩し、ギリギリミカゲの横を通り抜けていった。

「こわぁー助けてくれてさんくすです」

「どういたしまして！」

「リーダー遅いからもうドラゴンゾンビのＨＰ七割まで減ってるよっ」

「しかも噂の聖女さんと女騎士さんだー！　先越されちゃったー！」

「しょうがないだろ仕事だったんだから……」

「こっちの仕事もちゃんとやりなね！」

「……重役出勤じゃないかサギリ」

「カレンさんがいてくれて助かりましたよ」

「ルクレシアの自警団隊長としてきっちり働いてくれ」

「お任せくださいよ」

この男はサギリ。ルクレシアで初めてプレイヤーだけで自警団を組織し、それが町から正式に認められ、ルクレシアでそれなりの知名度を持つプレイヤーだ。

レベルは29だが高レベルのモンスターを単独で狩るくらいプレイヤーとしてのスキルが高い。

その辺にいそうなちょっとくたびれたお兄さんのような風貌だが、ルクレシアで怒らせたらヤバいプレイヤーランキング（SNSより）堂々たる一位に君臨している。

「ユイ、カイ、テツ」

「「はーい」」

「ハイっす」

「ルクレシアの敵だ。……消すぞ」

「「「はい！」」」

ルクレシアを守るために自警団になったプレイヤーによる攻撃が始まろうとしていた。

「「リーダー！」」

「あいよ！」

サギリの腕を踏み台にしてユイが空高く飛ぶ。後を追うようにカイも空を飛ぶ。

ユイとカイは双子の男女である。何をするにも二人同じものを選び、同じことをしてきた。それはゲームの中でも同じだ。ゲームの中でも二人して同じもの、行動をし続けていると、いつしか二人同じ称号を得ていた。

『一心同体』

二人で同じことをすると威力が上がる双子ならではの攻撃方法。これは二人の大きな武器となっていた。

「「【ツイン・シュート】！！！」」

「二人の邪魔はさせねッス！【挑発】ッ！」

テツが【挑発】でドラゴンゾンビの注意を引き、一瞬フリーになった二人はドラゴンゾンビへ落下攻撃を食らわせる。それは大きな衝撃となって、ドラゴンゾンビを大きく転がした。

「あいつらにばかりいい思いはさせねえぜ！【ファイアスラッシュ】！」

「そうだそうだ！【スプラッシュ】！」

「拙者も行くでござる！【影打ち】！」

「魔法少女の魔法を喰らいなさい！【プリズムライト】！」

「鍛えた筋肉は裏切らない！【マッスルストライク】！」

「急にイロモノプレイヤーが増えたな⁉」

「ボクもこれだけ投げとこ。たーまやー」

プレイヤーたちは己のアーツをドラゴンゾンビへと次々と放つ。それは無防備な状態であったドラゴンゾンビのＨＰを容赦なく削っていった。

「グキャアオオオオオオッ」

残りのＨＰが四割になったとき、ドラゴンゾンビの身体に亀裂のように赤黒いヒビが走る。

ドラゴンゾンビが両腕を地面に叩きつけると、黒い棘が地面から全方位を容赦なく貫いていく。

それはまるで有名な串刺し公のように、プレイヤーたちを貫いた。

「こふっ」

「聖女様！」

ＮＰＣにスキル【聖者の加護】を使い、致命傷を防いでいたモモカ。

防いだダメージはモモカの身体へと襲いかかった。

「チッ【狂化】しやがったな」

カレンは口に溜まった血を吐き出すと、大剣を構える。

【聖者の加護】は攻撃を防いでくれたが、大人数にかけているため衝撃は相殺できなかった。

「チッ魔剣解放……【クリムゾン・ブレイク】ッ！」

カレンの持つ大剣が赤黒いオーラを放ち、ドラゴンゾンビのＨＰを貪り喰らう。

「カレンさん離れて！」

「ッ！」

「【グライド・ブレイド】ッ！」

サギリが両手剣を構えトップスピードで突進、接敵する。その勢いのまま両手剣を勢い良く薙ぎ払う。

「私も負けてられないな……聖女様に栄光あれ！　【ホーリースラッシュ】！」

シンディも負けじとドラゴンゾンビに斬りかかる。

ドラゴンゾンビの攻撃も苛烈になり、低レベルのプレイヤーはほぼ死に戻っている。

ポーション類に余裕はあるが、長時間の戦いは精神的な疲労を確実に蓄積させていた。

「聖女様！」

「はい、魔を払うのは聖なる光……ッ【ホーリーレイ】！」

「グギャァッッ」

聖なる光がドラゴンゾンビを襲う。ドラゴンゾンビのＨＰは残り一割となった。

だがドラゴンゾンビの闘志は消えない。ドラゴンゾンビには目の前の命を喰らう怨念しか残ってないのだ。

「だが、そろそろ終わりにしよう」

サギリは空中を駆け上がる。

「【フライング・インパクト】ッ！」

空中からドラゴンゾンビに向かって落下しながら両手剣を叩きつける。

その一撃はドラゴンゾンビのＨＰを消し飛ばしたかと思われたが、執念なのか、ほんの少しのＨＰを残した。ドラゴンゾンビは目を見開き、サギリに向かって大きな顎を開くのであった。

刹那。

ドラゴンゾンビに何かが衝突した。それはすぐポリゴンとなって消えたが、周りにいた冒険者はみていた。

ドラゴンゾンビに飛んできたものは、ウルフであったと。

その衝撃でドラゴンゾンビのHPは0になった。ドラゴンゾンビの巨体が消えていくのを呆然として冒険者たちは眺めていた。

「んだよこんなところで戦ってたンか」

そんな空気を壊すように声が響いたウルフを殴り飛ばした張本人、レンである。

ゴブリンキングを倒したあと、モンスターと戦っていたが実はこいつは方向音痴である。

モンスターの跡を辿っていたはずがいつの間にか逆方向へ向かっていたのだ。

ーモンスター討伐率が100%になりましたー

ーこれにて緊急イベント　ルクレシア都市防衛クエストを終了しますー

ーイベントポイントを集計いたしますー

ー結果発表は明日十二時を予定しますー

「お、終わった……」

誰かがぽつりと呟くと、なんとも締まらない終わり方に誰もが脱力し、お互いを労うのであった。

ラストアタック：レン（が殴り飛ばしたウルフ）

◆◆◆

休憩を入れつつポーションをひたすら作ります。もうすぐ一時間半くらい経ちますね。

もうそろそろ、戦場にいるプレイヤーの戦いは佳境に入っているでしょうか。

皆様どんな戦いを繰り広げているのでしょうか。ちょっと見てみたかった気もしますね。

わたしはポーションをたくさん作ったからか、ポーション作りのコツを得たような気がします。

段々作るスピードも上がりました。よい傾向です！　やはり経験を積まないとですね。

どうすれば速く丁寧に作れるかを考えながらポーションを作る余裕も、時間が経つと持ち始めるのがこわいところです。

まだまだレベルの低いひよっこですよ、わたし！

手を抜かないでコツコツやるのです。

作ったポーションが百本を超えました。そろそろ休憩入れましょう。椅子に座って一息つきます。

－モンスター討伐率が１００％になりました－
－これにて緊急イベント　ルクレシア都市防衛クエストを終了します－
－イベントポイントを集計いたします－
－結果発表は明日十二時を予定します－

―サブジョブレベルが4上がりました―


「わっ」

終わりました！　皆様がモンスターを全て討伐したようですね。終わったタイミングで薬師のレベルがあがりました！　ポーションニ百本、MPポーション百七十本作りましたからね。なかなか良い経験値でした。

「リゼットさん、モンスターが全て退治されたみたいです」

「あら、そうなのね」

リゼットさん、ずっと気を張っていたのでしょう。近くの椅子に座り、大きく息を吐きます。

「片付けてしまって大丈夫ですか？」

「片付けはシルキーたちがやるから大丈夫よ」

「わかりました」

とりあえず寄せておきます。

「ミツキさんお疲れ様」

「はい、リゼットさんもお疲れ様でした」

「一日でこんなにポーション作ったのは久しぶりね。ミツキさんもたくさん作ってくれてありがとう」

「いえ、わたしもいい経験になりました」

薬師のレベルが４もあがりました。もう少しで薬師のレベルが10になりますね。ひとまずウィザードも薬師もレベル10になるのを目標にしましょう。

「ミツキさんも疲れたでしょう。今日は休んだほうがいいわ」

「他にやれることは今日は無さそうですか？」

「ええ、明日また来てちょうだい。渡したいものがあるの」

「わかりました！　午前中に伺いますね」

「よろしくね。ゆっくり休んでね」

「リゼットさんもお疲れ様でした！」

リゼットさんとシルキーさんにお礼を告げて、リゼットさんのお店を出ます。

ティナさんのお宿はやっているのでしょうか……とりあえず向かってみましょう。

あ、開いてますね。少し覗いてみましょう。

「ティナさん？」

「おやっミツキさん！　無事で何よりだね！」

「わたしはリゼットさんの所でずっとポーションを作っていましたので、元気です！」

「お、それは大変な仕事だ。私もさっき戻ってきたばかりでね。お疲れ様！　今日はもう休むかい？」

「はい」

やはりちょっと疲れを感じてますからね……。

「おっけ！　はい鍵！」

「ありがとうございます！」

「ゆっくりお休み！」

わたしは倒れ込むようにベッドに横になります。

中々緊張感のあるポーション作りに、身体の筋肉が悲鳴をあげております。

不思議と、うとうとしてきました。ログアウトしましょう。お疲れ様でした。


「ふわぁ……」

ＶＲゴーグルを外してベッドから起き上がります。心なしか現実の身体も疲れているように感じますね。

とりあえずお風呂と食事をちゃちゃっと済ませましょう。

お風呂にサッと入って、リビングへ向かいました。

「あら満月。ゲーム終わったの？」

「うん。町は無傷で防衛できたよ」

「そう、お疲れ様。……なんだか眠そうね」

「ずっとポーション、回復薬作ってたから気分が筋肉痛……」

「サッと食べられるご飯にしてよかったわ」

ちょっとしたおかずとお茶漬けを流し込んで、食器を洗って部屋に戻ります。

「ううむ眠いけど星空がみたい」

これは日課ですので、星空を目に焼き付けようとベランダに出ます。

「今日は下弦だったのか」

夜空にきれいに半分になった月が浮かんでいます。月明かりに負けない星の瞬きはとても綺麗です。ちょっとした月光浴ですね。深呼吸をして、ストレッチをします。

ちょっと回復したような気がします。月と星のパワーをもらいました。

今日はちょっと疲れたので、眠ろうと思います。明日はリゼットさんのところに行って、イベント報酬の詳細を確認ですね。

「おやすみなさい」

◆◆◆

千歳カンパニー、第一モニタールームにて。

「おいラスボスのレベルが推奨レベルより高いぞ！」

「っていうかラスボスがゴブリンキングだったはずでは⁉」

「あぁぁぁ一撃で低レベル帯のプレイヤーが死にましたよ」

複数人の男女が焦った様子でモニターを眺めている。

「どうしますか主任⁉」

「このまま行くしかないだろう……」

「ですが……」

「プレイヤーたちとNPCを信じるしかない」

彼らは自分たちが設定していたイベントエネミーが違うエネミーになっていたことに対し頭を抱えていた。ギリギリまでイベントのために色々プログラミングしていたはずだが、何故か想定より高いレベルのイベントエネミーがラスボスになっていた。

「あれ、ドラゴンゾンビ負けそうですねぇ」

「……ッ久住！　お前が手を出したのか⁉」

「そうですよ。ちょっと防衛イベントにしては甘すぎるボスレベルだったので」

久住と呼ばれた若い男はモニターを眺めて考え込む様子をみせる。

「始まりの町であるルクレシアが壊滅したらどうする！」

「それならそれで他のプレイヤーたちに、本気で取り組まないと町は簡単に壊滅するって見せつけられていいじゃないですか」

「お前、」

「まぁ思っていたよりプレイヤーがNPCと交流して好感度上げていたのと、プレイヤースキルが高いやつが多いですね。このままだと普通に倒せます」

「〜〜〜ッせめて言ってから変えろ！　ここにいる誰もがイベント進行がシナリオと異なるから焦ったんだぞ」

「それは申し訳ないです。でもイベントならもう少し難しくした方がスリルがあって楽しめるでしょう？」

悪びれもなく笑みを浮かべる男、久住に主任と呼ばれた男はため息をつく。

「とりあえず今後勝手なことはするなよ」

「善処します。……お、このレンってプレイヤーすごいなぁ。身体強化系でずっとぶん殴ってて面白いな。なぁ、佐藤。ＮＰＣの好感度高いのなんで？」

「は、はい。サギリというプレイヤーがルクレシアで自警団を組織したのもありますが、個々のプレイヤーがＮＰＣたちと多数の関わりを持っているからですね」

「ふぅん」

まるで興味を無くしたように久住と呼ばれた男はモニタールームを出ていく。

「……素行に難があるが優秀なプログラマーなんだよなぁ……」

「お疲れ様です主任……」

「もうこれはしょうがない。イベント報酬に少しだけ色をつけよう」

「……今夜も徹夜ですね」

「すまないなお前たち……」

残されたモニタールームにいた人間たちは、大きなため息をついて自分のデスクに戻るのであった。

「もうちょい面白くしないとすぐプレイヤーは離れますからね……次はどうしようか」

久住と呼ばれた男はそう呟くと、その顔に不敵な笑みを浮かべた。

8日目　ブローチと交換とブティックと

おはようございます。少し早く寝ましたが、朝までぐっすり寝ました。
ひとまず着替えて、スマホの通知を開きます。

Your Story －ミツキ－
－7ページ目－
あなたは新しくMPポーションの作り方を覚えました。
これからたくさん必要になるでしょう。
スタンピードがルクレシアへと迫りました。
数多くの冒険者達と渡り人がモンスターの群れと戦いました。
あなたが作製した回復薬は、彼らの傷を癒やしてくれましたよ。
冒険者達と渡り人が力を合わせた結果、モンスターは討伐されました。
ルクレシアは無事守り切れました。お疲れ様でしたね。
これからも、薬師としてもあなたが研鑽を積むのを楽しみにしています。

お疲れ様でした。


よかった、ポーションは冒険者たちの役に立っていたようです。

冒険者の皆様、ありがとうございます。お疲れ様でした。

今日はリゼットさんの所に伺うのと、イベント報酬の詳細を確かめましょう。

リゼットさんの渡したいものってなんでしょうね？

朝ごはんを済ませたらユアストにログインしましょう！　今日も一日頑張りましょう！


ユアストにログインしました。色々家のことをやっていましたので、現在九時頃です。顔を洗ってストレッチして、備え付けの椅子に座ります。

今日のユアストでの朝ごはんはグレナダさんのところで買いました、ワイルドボアバーガーです。

「いただきます！」

んんん！　溢れる肉汁！　お肉とピリ辛ソースが合います〜！　食べるのが止まりません！

このピリ辛ソースいい辛さですね……辛いの苦手な人も食べられるピリ辛加減です。ソースだけでも欲しいです。これ一つで大満足です。

「ごちそうさまでした！」

今日はリゼットさんのところへ寄って、十二時過ぎからの結果発表とイベント報酬を楽しみにしましょう。

どんなものがもらえるのでしょうか。とりあえずお金がもらえたら嬉しいですね！

欲しいものがたくさんありすぎます。今後の冒険の共に必要そうなアイテムを攻略サイトで見ていたのですが、町に戻れなかった時にセーフティエリアでキャンプするプレイヤーも多いのだとか。皆寝袋やテントなどを利用しているようなので、わたしも天体観測時のキャンプ用にテントや寝袋など諸々欲しいのです！

勿論新しい武器や装備、アクセサリーも気になりますがね。

よし、ゆっくりリゼットさんのところへ向かいましょう！

リゼットさんの渡したいものも気になります。

「ティナさんおはようございます！」

「はいおはよう！」

「鍵お願いします！」

「あいよ！　いってらっしゃい！」

ニコニコ明るいティナさんに送り出されてお宿を出ます。ルクレシアが無事で良かったです。

いつもと変わらない日常が広がっています。

リゼットさんのお店につきました。

「おはようございます」

「あら、ミツキさんおはよう」

「昨日はお疲れ様でした！」

「ミツキさんもね。ゆっくり休めたかしら？」

「はい、ぐっすり眠れました」

「それは良かったわ」

リゼットさんはカウンターの中へ招いてくださいました。そして紅茶とお菓子を準備してくださいました。

「ありがとうございます！」

「どうぞ召し上がれ」

リゼットさんの所で飲む紅茶とお菓子すごく美味しいんですよね。疲労回復フレーバーティーといい、リゼットさんはお菓子作りも得意なんでしょうかね？

「今日は来てくれてありがとう。渡したいものがあって」

「渡したいもの、ですか？」

「ええ」

そう言ってリゼットさんは部屋の奥へと向かいました。そしてすぐに戻ると、その手には小さな箱がありました。

「翠玉《エメラルド》の名を持つ私が弟子を取ったら、その証しを渡さないといけないのだけど、いつ渡そうか考えていたの。昨日、ポーションを作っているミツキさんをみて、今日渡さないと！　って思ったのよ」

わたしの手に箱を乗せます。開けてみて、と促されたので、丁寧に開けました。

「わぁ……！」

そこに入っていたのは、綺麗なエメラルドグリーンのブローチです。リゼットさんのお店と同じマークが刻まれています。

「ブローチ、ですか？」

「ええ。薬師はある程度の経験を積めば、ポーションを量産できるスキルを取得したりしてあんなに一日中時間をかけて一つずつ作ることはあまりしないの。でもミツキさんはまだ薬師なりたてでしょう？　だから一つずつ作るしかなかった」

「はい……」

「あんなにたくさんの量を一つずつ作って、泣き言も言わないで諦めないで作り続けることはとても素晴らしいことよ。腕も疲れるでしょう？　でもミツキさんは諦めず、モンスターが討伐されるまで作り続けたわ。その諦めない真剣な思いで、薬師に取り組んでくれてとても嬉しかったのよ」

「リゼットさん……」

「だから、ミツキさんを私のお弟子さんなのよ！　って自慢したくて。ミツキさんが良ければ、つけてほしいわ」

わたしはもう一度ブローチを見つめます。これは、リゼットさんがわたしを薬師だと認めてくれた、ということですよね？　これは堂々とリゼットさんの弟子です！　と名乗れるようになるやつですよね？

「う、うれしい……ありがとうございますぅ……」

そんなの嬉しすぎるじゃないですかぁ！　つけさせていただきますぅ！

翠玉のブローチ：リゼットの弟子に与えられるブローチ。クリスティア王国の住人と薬師のNPCからの好感度が上がりやすくなる。
〈この装飾品はアクセサリースロットを消費しません〉

素敵なものをいただいてしまいました。ひとまず上着の胸元にブローチをつけます。ローブは邪魔なのでアイテムボックスにしまいました。

ふふふニヤけてしまいます。

「良かった、似合っているわ」

「ありがとうございます！　嬉しいです！」

「これからもよろしくお願いするわね」

「はい、お世話になります！　よろしくお願いします」

改めてリゼットさんと握手します。

リゼットさんの手は、とても温かい優しい手でした。

薬師のレベルが10になったら新しいポーションの作り方を教えてくれるそうなので、瓶をいただいてお店を後にしました。この瓶もどこから調達しているのか、次確認しましょう。

今日はルクレシアの町を散策して、お店を物色しようと思います。

リゼットさんに認めてもらったのが嬉しすぎてスキップしてしまいそうです。

気付けば鼻歌を歌いながら、町中を歩き出しました。

イベントの結果がわかるのがお昼の十二時なので、まだまだ時間があります。

ルクレシアの町は広いので、開いているお店を見て回ろうと思います。今まで歩いていて、雑貨や食品や家具やら武器やら色々なお店がありました。

あ、あのお店。窓際にたくさんの小瓶が並んでいます。何を売ってるのでしょう。

……調味料でした！　ゲームの世界ですが日本と似たような調味料がたくさん売ってました。

料理に使いそうな調味料をお試しで少しずつ買ってみました。お料理のさしすせそってやつですね。味噌もあるのはすごいですね。

星空の下でキャンプして美味しいものを食べるのが理想なので、調味料は必需品です。

本格的にキャンプセットが手に入ったら、そういった調味料なども揃えておかないといけませんね。

便利なアイテムボックスもありますし！　よし、次のお店にいきましょう。

道を歩いていると、焼きたてのパンの香りが漂ってきます。いつものパン屋さんです！

アイテムボックスの中の食料がほぼ空なので、ちょっと買っておこうと思います。先程お試し調味料に3000リルくらい使いましたからね……パンやお菓子を買っておきたいですねぇ。

いつ見ても美味しそうなパンです！　塩クロワッサンやチョココロネ、クリームパンや……あ、あんぱんもある、ですと。

少しお話を聞いてみると、日輪の国で生まれた菓子パンだそうです。まぁ和風の国モチーフとのことですし、日本モチーフなのでしょう。ならばあんこがあるのもわかります。

ふむ、こしあんと粒あんで分かれる、と。これもこしあん粒あん戦争がありますからね。

好きなものを買いましょう。

パンはお値段一律200リルとなっています。安いですね……お財布に優しいです。たくさん買いました。げ、ゲームではお腹空きますしね！　平日は夜だけのログインになったりしますから簡単に食べられるものがいいですよね！

手持ちのリルが20000リルちょっとになりました。わたし、このゲームで食べ物ばかり買ってますね。まぁ美味しいからしょうがないのです。お腹空いたら倒れちゃうので……。

町の中心部に向かって歩いていると、雑貨屋さんを見つけました。わ、とても可愛らしいお店です。膝掛けやティーセット、クッションなどが並べられています。

可愛らしい星柄の食器セットも売っています。これは買います。星柄がいいアクセントになっています。キャンプで使いましょう。予備でもう一セット買っておきます。

あくまで予備です。ぼっちなので……。

ちょっとお金があると買い物ってしちゃいますよね。膝掛けとクッションも買ってしまったので雑貨屋さんで6000リルも使ってしまいました。

着々と天体観測のために準備してます。安全に天体観測を行うためにはレベル上げして強くなるのも重要なんですけどね。

もしもイベントの報酬でお金が手に入ったら、カレンさんにおすすめの防具屋さんなどを教えていただきましょう。

そろそろ見習い装備を卒業したいですね。杖だけ立派です。

石碑広場に着きました。今日はプレイヤーの皆様ものんびりしているのか、人はまばらですね。

グレナダさんは屋台をやってます。何か買わせていただきましょう。

「グレナダさん、こんにちは」

「お、嬢ちゃん元気そうだな！」

「はい！　元気です！　……今日は何を焼いてるのですか？」

「これは暴れ牛のステーキだぜ！　あとコッコの唐揚げも作ってみたんだが嬢ちゃん食べるかい？」

「食べます！　買います！」

「じゃあ嬢ちゃんがリゼットさんとこの薬師になったみたいだし、このステーキはおっさんからのプレゼントだぜ」

胸元のブローチを指差して、グレナダさんはステーキを一皿渡してくれました。

「！　よろしいのですか、これ……」

「就職祝いみたいなもんだな！」

「あ、ありがとうございます！」

ご厚意に甘えて、ステーキをいただきます。ちょっと屋台の横に移動して、一切れ口に運びます。

「いただきます！　……んん口の中でとろけます」

お肉が柔らかくて口の中で溶けてしまいます。ソースも美味しいです～!!

「グレナダさんのところのソース全部美味しいです！」

「お、そりゃ良かった！　秘伝のソースなんだぜ」

「絶妙なバランスで作られたソースですね……」

残りはアイテムボックスにしまいます。まだ朝のバーガーのおかげでお腹いっぱいです。

「唐揚げを買いたいのですが……」

「おう！　一個50リルだぜ」

「そんなお安さでよろしいのですか！」

「コッコは比較的捕まえやすいからなぁ……」

「そ、そうなのですか……ひとまず十個買いますね」

「おう！　500リルな！」

ディスプレイでお金を支払い、グレナダさんはプラスチックみたいな容器に唐揚げを入れてくれました。アイテムボックスのごはん類が潤いましたね！

「ありがとうございました！」

「おう！　嬢ちゃんも頑張れよ！」

グレナダさんに手を振って広場を後にします。お店を見てたら割と時間が経ってました。

ひとまずログアウトしてお昼ご飯を食べてきましょう。

お昼ご飯は親子丼でした。材料さえあれば比較的簡単に作れるので良いですね。

まぁレシピを見ながらですが。

お昼ご飯食べてたらもう十三時です。もうイベントの結果が出てます！　ログインしましょう！

ログインしました。

―通知が届いております―

わっびっくりしました。急にアナウンスが流れて驚きました。近くのベンチに座って通知を開きます。


―ルクレシア都市防衛イベントの報酬について―

まずはじめに、設定ミスによりイベント最終ボスのレベルが高く設定されていたことをお詫び申し上げます。

お詫びと致しまして、イベントに参加された方全てに10万リルとゴールドチケット一枚をプレゼントいたしますので、お受け取りください。

今後このような事が起こらないように再発防止に取り組んでまいります。

これからもYour Only Story Onlineをよろしくお願い致します。


おや、そうだったのですね？

設定より高いレベルのボスと皆戦ってたんですね。よく皆倒せましたね……ちょっと戦いが気になります。

しかし大金をいただいてしまいました。わたしはポーション作っていただけですので、ちょっと申し訳ないですね。でも嬉しいです！　お金は必要ですからね！

そしてこのゴールドチケットとはなんでしょう。

ふむふむ、高めのレアリティのアイテムや装備、スキルと交換できるチケットなのですね。

ひとまずラインナップを見てみましょう。

装備は、武器、防具、アクセサリー、色々あります。わっ、攻撃が50もあがります……これは序盤で手に入れるものではないですね。公式さんすごいチケットを配りましたね。

アイテムも見たことのない名前のアイテムがたくさんあります。

蘇生薬から変身薬、入手が難しいらしい希少なアイテムがラインナップされているようです。

変身薬とか何に使うんでしょうか……こわいですね。

あと何故か家具とかもラインナップにあります。このゲーム内で家でも借りられるんでしょうか？

あとはお花見セットや海水浴セットなどなにやらバラエティに富んだラインナップですね。これもらう人いるんでしょうか？

あっ！

「キャンプセット！」

まさかまさかのキャンプセットまであります。ちょっと詳細見てみましょう。

キャンプセット
・テント（一人用）
・キャンプマット
・シュラフ
・ランタン
・お手軽調理セット
・ヘキサタープ
・アウトドアテーブル、チェア

運営キャンパーイチオシのキャンプセットです。キューブ形の魔法道具となっています。

魔力を込めて地面に設置すると設定された通りに展開されます。これがあればユアストでも立派なキャンパーになれるでしょう。


うわなんか本気のキャンプセットです！　え、これ交換できるんですか⁉

もらっていいんですか⁉　こんなわたしのためにありそうなアイテム、もらっていいんですか‼

これもらいます！　そうしたら、もらったお金で装備を買うことができます！

はわわ嬉しいですぅ！　これでキャンプできます！

はっあまりの嬉しさに舞い上がってました。まだメールの続きがありました。

ミツキ様の獲得ポイント
討伐ポイント：０　支援ポイント：１７５０ポイント
内訳
ポーション作製　３００本×　３ポイント＝９００ポイント
ＭＰポーション作製　１７０本×　５ポイント＝８５０ポイント
獲得合計：１７５０ポイント
獲得されたポイントはアイテムと交換することができます。
イベントページで交換してください。

ほほう。ポーションにもポイントがあるのですね。交換のラインナップを見てみましょう。

さすがにゴールドチケットのように高レアリティのものは必要ポイントが高いですね。

ふぅむアクセサリーかブーツをみてみます。好みのブーツと出会えるかもしれませんしね！

ふむふむ、ミリタリーブーツやショートブーツが多いですね。

あ！　このダークブラウンのエンジニアブーツ！　かわいいです！　ベルトが多めなのがいいですね！

必要ポイントは１０００ポイントです。ちょっと詳細見てみましょう。

ウォーホースのブーツ：荒れ地でも走り抜けることができるウォーホースの素材を使ったブーツ。

クッション性が高く履きやすい。

敏捷＋15【頑丈】が付与されている。壊れにくい。


壊れにくいブーツ！　いいですね！　もしかしたら山登りとかするかもしれませんし、頑丈なブーツのほうが良いです。これにしましょう。

残りのポイントは750ポイントですね。

ふむ、500ポイントのMPポーション二十本セットにしましょうかね。

あとの250ポイントはポーションをいただきましょう。いくつあってもいいものです。

よし、アイテム交換し終えました。

ふふふキャンプセットを手に入れました。

ブーツも早速装備します。履き心地は抜群です。

あとで町の外を走ってみましょう！　このあとはギルドへ行って、カレンさんを捜します。

オススメの防具屋を教えていただかねば！

わたしは新しいブーツで気分晴れやかにギルドへ歩き出しました。クッション性があっていい感じです。

ギルドへたどり着きました。割と人は多めですね。

みなさん依頼を受けているようです。カレンさんはいるでしょうか。

ギルド内を見回すと、ギルドの職員さんとお話をしているカレンさんを見つけました。

なにやら真面目な雰囲気ですので、依頼ボードを眺めながら様子を窺おうと思います。

わたしはランクアップまで、採集依頼二　討伐依頼三　となっています。

今度は見たことのないモンスターや素材を集める依頼を受注しておきましょうかね。

ギルドの依頼は受けたら一週間以内の依頼達成期限があります。その期間を過ぎると依頼は失敗となってしまいます。ランクの低い依頼はルクレシア周辺なので、このあと防具をみたら行けるでしょうか。

念願のキャンプセットを手に入れたので、お肉集めもしたいです。やはりキャンプではお肉食べたいですよね。

あ、コッコの討伐依頼があります。

ルクレシアの東門から出た草原に生息してるみたいですね。よし、狩りましょう。コッコ十五体狩ります！

あとは採集依頼ですね。魔力草や魔力キノコはみたことあります。常時貼りだされてるんですねぇ。見覚えがないのは月光草、精霊池の水、妖精の雫、キラービーの蜂蜜……色々ありますね。月光草はおそらく夜に採集するものでしょう。夜に採集するのはまた今度にします。

精霊池の水、とやらは汲んでくるだけなら難しくなさそうですね。

妖精の雫はそもそもどんな素材かわかりませんし、キラービーの蜂蜜はちょっとルクレシアから遠めの森みたいです。

精霊池の水にしましょう！

わたしは依頼カウンターに並んで、サイファさんにギルドカードと依頼書を渡しました。

「こんにちはサイファさん。よろしくお願いします」

「こんにちはミツキ様。……はい受注いたしました。水の採取にはこちらのボトルをお使いください。……カレンとは話せましたか？」

「あ、いえ……依頼を受注したら話しかけようと思っていまして」

「そうなのですね。カレンもミツキ様に用があるらしいので、話しかけても大丈夫ですよ」

「そうなのですね。ありがとうございます」

サイファさんにお礼を告げてカレンさんに近付きます。なにやらカレンさんのことをプレイヤーがチラ見している気がしますね。

話しかける前にカレンさんがこちらに気付きました。

「お、ミツキ」

「こんにちは。カレンさん」

「……ふぅん」

カレンさんはわたしのことを上から下まで眺めて、胸元のブローチをみてニヤリと笑いました。

「少しは成長したみたいだな。ばあさんのブローチもつけてる」

「はい！　先程リゼットさんからいただきました」

「はは、おめでとうな。薬師としての第一歩だな」

「はい！　……それでカレンさんにオススメの防具屋さんをお伺いしたくてですね」

「そうだな。そろそろ見習い服は卒業してもいいだろ。いいところがあるから案内するよ」

「お時間大丈夫ですか？」

「今日は午前中に依頼受けたからいいんだ」

カラカラと笑ってカレンさんは歩き出します。わたしもその後を付いていきます。

……やはり見られている気がします。

ギルドから出て町を歩くカレンさんにこっそり話しかけます。

「なにやらギルドで注目を集めてらっしゃったようですが……」

「あー、昨日の戦いでアタシの戦い方見た渡り人がすげー見てくるんだよなあ。でも話しかけてこないし何なんだろうな」

「そ、そうなのですか」

「ギルドに入った瞬間、こっち見るからつい睨みつけちまったんだよな」

それは話しかけづらいかもしれませんね……。

「昨日の戦いはどんな感じだったのでしょう。わたしずっとリゼットさんとポーションを作っていて」

「まぁ雑魚がたくさんとゴブリンキングとその配下たち、最後にはドラゴンゾンビなんかが出てきたな」

「ど、ドラゴンゾンビなんているんですか！」

「そうそう。ドラゴンゾンビはアンデッドだからな。光魔法が使える聖職者がいれば戦いが有利になるんだが、渡り人の聖女？　がいて助かったぜ」

「渡り人の聖女さん……」

「他にも面白い奴等がいたぜ」

そう話すカレンさんは楽しそうです。よかった、渡り人への印象は良いようです。

「これから向かうお店はどんなお店なのでしょう？」

「ミツキはあんまり鎧って感じじゃないからな。ウィザードだし、軽くておしゃれな防具とかあったらそっちのがいいだろ？」

「た、確かに鎧よりも今のウィザードの洋服やワンピースみたいなのが大変好みなのですが、防御力はそういう服装でも大丈夫なのでしょうか？」

「これから行くところはそういう服を防具として扱う奴等がいる店なんだ」

今のウィザードの洋服は、セーラー服みたいな感じです。スカートは膝丈ですね。

ゲームなのでどれだけ走っても動いても捲《めく》れない仕様です。

「まぁあべこべな奴等が店主と店員してるし、きっとお前に似合う装備があるだろ」

「はい、楽しみです！」

「お、ついたぜ」

カレンさんは一軒のお店の前でとまりました。ショーウィンドウには洋服が飾られています。

なにやら普通のアパレルショップにも見えますが……。

「ブティック『スカーレット』……？」

「おう、行くぞ」

「は、はい！」

扉を開けてするりと入っていくカレンさんの後を追って慌ててお店に入ります。

「わぁ……！」

マネキンにはとてもかわいらしい洋服が飾ってあります。棚にはカラーバリエーション豊富な、たくさんの種類のお洋服が置いてあります。

「おや、いらっしゃい」

「よ、今日は客を連れてきたぜ」

洋服に見惚れていたら、男性の声が聞こえてきました。あわてて振り返ると、カウンターにはとても綺麗でスレンダーな赤いドレスの美人さんがいました。腰まで伸びる黒髪がとても妖しい魅力を放ってます。

あれ？　幻聴？

「おーいミツキー？」

わたしが宇宙猫みたいな顔になっていると、カレンさんがわたしの顔の前で手を振ります。

「はっなんか綺麗な美人さんが見えて固まりました」

「おや、ありがとう。嬉しいよ」

やはり目の前の美人さんから男性の声が聞こえます。

「？・？・？」

「はは、こいつこんな見た目してるけど男だぜ。こいつがスカーレットだ」

「カレンが渡り人を連れてくるのは初めてだね。初めまして、俺が店主のスカーレットさ」

「み、ミツキと申します！」

すごい美人さんです！　でも一人称が俺です！　見た目は女性ですが、話し方は物腰柔らかい感じの男性のようです。ちょっとびっくりしました。

「今日はどんな用件で？」

「ミツキの装備を仕立てに来た。ミツキが着られるウィザード向けの装備はあるか？」

「す、すみません。お金にそこまで余裕がないのです。……すごく頑張って10万リルしか出せないのです……」

「大丈夫大丈夫。レベルに合わせた装備にしようか。それなら全然予算内だしむしろ余るさ……おや？」

スカーレットさんはわたしを上から下まで眺めます。そして胸元のブローチで目線が止まります。

「これはこれは。……ふふ、そのブローチにも合わせられる装備にしようか」

「は、はいっ」

リゼットさんからもらったブローチをみたら住人さんたちが含みを持った笑いを浮かべてすごい親切にしてくれます。そんなに良くしていただいてなんだか申し訳ないのですが……。

「か、カレンさん。このブローチって皆様から見たらとてもすごいものですか」

「そりゃそうだろな。なんせ翠玉《エメラルド》の薬師リゼットばあさんの紋章が刻まれてる。ばあさんの弟子に変なこと出来ないさ」

ひええ……わたしも変なことせず、常識的な行動が取れるように気を付けましょう。

「あ、武器は今何を持っているんだい？　それも装備に合わせようかな」

「はい。武器はこれです」

アイテムボックスから魔花の杖を取り出します。

「うん、いい杖だね」

「へへ、ありがとうございます」

「お、フラワープラントを倒したのか」

「森で採取してたらフィールドに迷い込んだみたいで……」

あれはびっくりしましたね……一人で戦う大変さは身にしみました。それでも一人でやりますけどね！　自由にやりますよ！

「ひとまず採寸しようか。……おーいクレハ！」

スカーレットさんがバックヤードに声をかけます。すると、

「呼んだかいスカーレット」

「女性のお客様だからね。採寸をお願いするよ」

「なるほど、わかったよ」

ひっ白皙《はくせき》の美貌を持った中性的な方が出てきました。黒髪が白い肌に映えて、なんだか女子校の王子様、某歌劇団の男役の方のような美しさです。

「俺の妻のクレハさ」

「初めまして渡り人の少女。名前を訊いてもいいかい？」

「みっ！　ミツキと言います」

「そう、美しい名前だね」

ひいい……キラキラしてます……デフォルトでキラキラしてるように見えてきました。

あと背後に花背負ってます！　花が見えます！　なるほど、カレンさんが仰ってたあべこべな店主と店員はスカーレットさんとクレハさんのことでしたか。納得です。

「じゃあ採寸しようか。フィッティングルームに行こう」

「よ、よろしくお願いします！」

採寸していただきました。ちょっとドキドキしましたね。

「スカーレットにみせても大丈夫かい？」

「装備を作っていただくので、全然大丈夫です」

「ありがとう」

カレンさんとスカーレットさんのところへ戻ります。スカーレットさんとクレハさんがお話ししているので、カレンさんと洋服を見ながら待ちます。

「あ、カレンさんちょっと聞きたいことがありまして」

「ん？　なんだ？」

「精霊ってパンとか食べられますか？」

「パン？　まぁ実体化できる奴なら食えると思うが、どうした？」

「このあと依頼で精霊池の水を採取しに行くのですが、精霊池と言うなら精霊がいるんだと思って。勝手に持ってかれたら怒ると思うので、わたしが食べて美味しかったパン屋さんのパンとか供えようかな、と」

カレンさんはびっくりした顔で止まりました。あとお話が止んだので振り向いたらスカーレットさんとクレハさんもこちらを見ていました。

「カレン、こんないい子どこで捕まえたんだ」

「こんな素直な子見たことないね」

「アタシもねぇよ……」

「えっ」

「そんなこと聞かれたのは初めてだ」

「ま、別に供えてもいいと思うぜ。ミツキがやりたいようにやってみな」

そう言ってわたしの肩を軽く叩きました。

精霊さんに怒られたら嫌だなぁという単純な気持ちだったのですが、素直認定されました。

勝手に持って行って怒られないのでしょうか？

「ちょっと素直すぎて心配になってきた」

「俺もなってきたよ」

「私もだよ」

「えっ」

「それにこれからレベルアップしたら見習いじゃなくなるだろ？　アタシはウィザードじゃないから魔法教えられないしな……」

「知り合いの信頼できるウィザードに声掛けしようか……」

「ミツキさんは渡り人だから自由にやれると思うけど、やはり導く人がいた方が成長しやすいと思うからね……」

な、なんか三人で話し始めました。え、わたしそんなにチョロそうですかね？

やりたくないことは割とNO！　って言ってしまう方ですが……。

レベル10になったらメインもサブもおそらく見習いが外れるんでしょう。

レベル10になったらヴァイスさんに図書館に来いって言われてますし、その話し合いは止めておきましょう。

「あ、あの」

「待ってろミツキ。ミツキを導いてくれそうなウィザード候補を話し合ってるから」

「いえ、レベル10になったら来いって声かけていただいているのでおそらく大丈夫です」

「……なんだと？」

おっと空気が変わりましたね。あれ？

「ソイツは大丈夫か、変な奴じゃないか」

カレンさんはわたしの両肩を掴んで迫ってきます。

わたし一応護身術も習ってますし変な人には近寄らない家訓もありますし気を付けてますよ？

「あまり話したことはないですが、しっかりされてる方だと思います」

「しっかりしたウィザードなんて居たかな……」

「結構戦闘狂多いからねウィザード……苦労人か戦闘狂か」

「職業がウィザードなのかはわかりませんけど身元はしっかりされてると思いますね」

司書さんですしね。ほ、本当に司書さんなのかはわかりませんけど司書さんじゃないと図書館で働けないですよね？　しかしウィザードってそんな戦闘狂なんですか？

「……それアタシが知ってる奴か」

「えっと」

「悪用はしない、名前だけ教えてくれ」

ルクレシアの人ならヴァイスさんのこともご存じでしょうか。カレンさんならしっかりされてますし、お教えしても良いでしょうか。スカーレットさんもクレハさんも変な人ではなさそうです。

「えっと、ヴァイスさんです」

「えっ」

「えっ？」

「…………司書の？」

「えと、はい」

ヴァイスさんの名前をお伝えしたら三人とも頭を抱えました。えっこわい。普通の人だとおもったのですが。

「これは十中八九彼女へ会わせるつもりだろう」

「予想の斜め上だったな……」

「ミツキのポテンシャルが想像以上だったな……」

「は、はぁ……」

「ならば洋服に妥協はできない！　一から作るから六日後に取りに来てくれ！」

「えっでも」

「俺達を助けると思って、ね」

スカーレットさんの笑顔から圧を感じました。

これは断れる雰囲気ではありません……なにやらスカーレットさんの背後にオーラが出ている気がします。

「せ、せめて予算内でお願いします！」

「そこは任せてくれ！」

六日後にお会いする約束をして、ブティック『スカーレット』を後にしました。な、なんか色々ありましたね……時間は、今は十五時くらいです。

「いやあミツキはいろんな奴等と関わってきてるんだな」

「渡り人としてはソロでやってるので、いつもカレンさんを筆頭にルクレシアの皆さんに助けていただいてますね……」

「そうやって関係を持てるのも良いことだし大切なことだと思うぜ」

「はい！　カレンさんもたくさんありがとうございます！」

カレンさんから冒険者として色々教わりました。リゼットさんと同じくらいお世話になってます。

それらをどうにか言葉にして伝えると、カレンさんは照れたように笑ってわたしの頭をぐしゃぐしゃにしました。

「わっ！」

「冒険者の先輩として当然のことさ。……精霊池なら東門を出て東に進めば精霊の森がある。依頼頑張れよ」

「はい、ありがとうございます！　あ、お礼にクロワッサンどうぞ！」

カレンさんに塩クロワッサンを渡して、わたしは駆け出しました。

東門ならコッコも倒してしまいましょう！　鶏肉も入手できるかもしれませんし！

あと三時間で難しくても水だけは採取しましょう。

◆◆◆

「………すごい縁を持ったな」

カレンはクロワッサンを手に持ったままその場に立っていた。

リゼットの下へ連れて行った時に薬師について教える、という話は一緒にいたから聞いていたが、そのまま弟子になっているのは初耳だった。

翠玉薬師《リゼット》の弟子で、ヴァイスに声をかけられているということは恐らく彼女の下へ向かわせられるだろう。

彼女はきっとミツキに興味を持つ。そして弟子に迎えられるだろう。そうであれば……。

「これからどうすっかな……」

とりあえず信頼できる奴等に根回しするか……。

カレンはそう考えながら、歩き出すのであった。

◆◆◆

東門の門番さんにギルドカードを見せて門から出ます。ちょっと準備運動をして、よし。森まで走りましょう。

十分程度走ると、森が近付いてきました。しかしゲームってすごいですね、こんなに長く走れるなんて……現実だとすごく息切れしますからね……。

「あっ」

あの特徴的なトサカ！　絶対にコッコでしょう！　アイテムボックスから魔花の杖を出して握りしめます。

コッコ　Lv．5　アクティブ

【鬨《とき》の声】【突進】【嘴撃】

コッコ　Lv.5　アクティブ
【鬨の声】【突進】【嘴撃】
コッコ　Lv.5　アクティブ
【鬨の声】【突進】【嘴撃】

「【コケーーーーーーッ】」

「【コケーーーーーーッ】」

「【コケーーーーーーッ】」

「わっうるさ⁉」

これが【鬨の声】ってスキルでしょうか。確か戦とかで鼓舞したり勝利の時に上げる声でしたっけ。つまりコッコたちはやる気を出してるんでしょうか。まぁ気にせず攻撃します。

「【ウォーターボール】！」

「コケッ」

「うわ、思ったより素早いな」

鳥ですしね……素早いんですよね。

でも……このコッコ、なんか1mくらいあるんですよね……大きいな……。

やはり殴るしかないでしょうか。

ハッわたしはウィザードわたしはウィザード……。

いやでも魔法が当たらないなら当たるようにしなければなりません。

コッコの突進を避けた瞬間に杖を振るいます。

「コケッ!?」

「からの【ウィンドボール】ッ！」

足癖悪いのはすみません！　蹴りもしますよ！　ブーツが頑丈でよかったです！

火以外の属性もはやく新たな魔法を覚えたいですからね。積極的に使いましょう。


―コッコを倒しました―

コッコの羽、胸肉を手に入れました。


巨体（一メートル）なのに素早い！　ちょっと戦いづらいモンスターでしたが倒しました。

試しに羽と胸肉をアイテムボックスから取り出してみると、普通の鶏の数倍の羽と胸肉が出てきました。

おっっもい！　これは結構な重量のお肉です。この胸肉一個で唐揚げ三十個は作れそうです。

アイテムボックスにしまって、ウォーターボールで手をあらいます。魔法って便利ですね。

これは全然何個か入手すればそれなりの量になるのでそこまでコッコ狩らなくてすみますね。

今三匹倒して一個しか入手しませんでした。あと十二匹、どうにか倒しましょう。

出会うスライムやウルフも倒していますがまだレベルは上がりません。もう少しで上がりそうなんですがね……。

ーコッコを倒しましたー
種族レベルが上がりました。
任意の場所へステータスを割り振ってください。
SPを2獲得しました。
メインジョブレベルが上がりました。
コッコの羽、胸肉、卵を手に入れました。

コッコ八匹目で卵を手に入れました！　卵！　重要ですよ卵！

身も蓋もないことを言うと親子丼が作れますね！

ひとまず周りの様子を窺いながらステータスを操作します。

このステータスの横の（＋）は装備でステータスが＋されているという表記ですが、こう見ると防御、魔防がだいぶ危ないですね……装備の完成が楽しみです。

もう十六時になってしまいました。ひとまず森へ入ってしまいましょう。

なるはやで精霊池からお水を汲ませてもらって、コッコ倒しながらルクレシアへ戻るとしましょう。ひとまず道の通りに進みましょう。精霊の森という名前なので、今回は採取は遠慮しておきましょうかね。あくまでも今回はお水がメインなので！　怒られたくないので！

ある程度森の中を進むと、開けた場所に大きな池が見えました。

「わぁ、すごい綺麗」

水面に太陽の光が煌めいてキラキラしてます。水底までみえる透明度の高い池です。

水中には色とりどりな花が咲き乱れています。

「水中に花が咲いてる……」

とても綺麗で、見惚れてしまいました。

少しだけ目の前の光景を目に焼き付けて、本題のお水です。

誰もいませんが、精霊さんが居たとしたらなんだこの人間！　って感じでしょうし、挨拶から入りましょう。

「あ、えと、ミツキと言います。冒険者です。依頼でお水をいただきに来ました。お詫びと言っては何ですが、人が作ったものですが食べ物をこちらに置いておきます。お水、失礼します」

町を出る時に買った布を近くの石の上に敷いて、クロワッサンを二つ置きます。

クロワッサンは袋に入っているので大丈夫だと思います。

ちょっと待って何も反応が無かったので、お水をボトルで汲ませてもらいました。

「お水、ありがとうございます。失礼いたします」

ボトルに蓋をして溢《こぼ》れないのを確認し、池に一礼して来た道を戻ります。

精霊池と呼ばれていますが、人間の前には姿は現さないのかもしれません。それともいないのかも……ハッ、そもそもクロワッサン二つで足りましたかね……。

真っ直ぐ歩く後ろ姿を、池の中から何かがみていた。


森からの帰り道でさらに二匹コッコを倒します。羽しか落ちませんでした。

あと五匹、門が閉まるまでに倒したい十七時頃です。群れを探しましょう。

辺りを見回しながらルクレシアへと戻ります。

そして出逢うコッコやウルフを魔法だけで倒していたら、

―風魔法が一定の熟練度に達しました―

ウィンドアローを取得しました。


やっと風魔法が一定の熟練度に達しました！

一つの魔法を使い続けるほうが効率がいいのはわかるんですけどね……何回ウィンドボール使ったかわかりません。

コッコは累計十三体倒しています。羽は確定でドロップしますし、たまに卵、腿肉、ササミまで手に入ります。このゲーム割とお肉の部位も細かいですね……料理のしがいがありますけどね。

よし、あと二匹！

「【ウィンドアロー】！」

「コケェエェッ!?」

放たれた風の矢は跳びはねたコッコに突き刺さります。

ウィンドアローは威力は少しだけ弱めですが速さがありますね。


―コッコを倒しました―

卵、ササミ、魔石（小）を手に入れました。


お、魔石も手に入れました！　たまーーーに魔石も手に入れるんですよね。使いみちはわかりませんが。

これで十五体のコッコを倒しました。急いで町へ戻りましょう。十八時の閉門までにギリギリで帰って来られました。ギルドで報告して、お宿でログアウトしましょう。

「サイファさん、依頼終わりましたのでよろしくお願いします」

依頼カウンターのサイファさんにギルドカードと精霊池から汲んだお水の入ったボトルを渡します。

「はい、お預かり致します。……少々お待ちくださいね」

お水の鑑定をしていた別の職員さんがサイファさんに耳打ちします。何かあったでしょうか。

「申し訳ありませんミツキ様、ちょっとこちらに来ていただけますか」

「は、はい」

サイファさんは他の職員さんと受付を交代し、わたしをギルドの別の部屋へと連れて行きます。

な、なにかしてしまったのでしょうか……！

「どうぞこちらにお掛けください」

「はい……」

ソファに座って少し待つと、お水の鑑定をしていた職員さんと一緒にサイファさんがお部屋に入ってきました。そして目の前のソファに座ります。

「お待たせしましたミツキ様」

「い、いえ。なにかしてしまったでしょうか……」

「それについては僕が」

サイファさんの隣に座った男性が片手を上げます。目元に布を巻いた、いつも鑑定カウンターに座っている方です。

「僕はギルドの鑑定担当のシルヴァンと申します」

「あ、ミツキと申します」

「これはご丁寧にありがとうございます」

二人して頭を下げていると、サイファさんが咳払いをしたので顔を上げます。

「僕はよくみえる『目』を持っていまして。渡り人は【鑑定】を持ってる人が多いって聞いてるんですが、ミツキ様はこちらの水鑑定しました？」

「【鑑定】は持っていますが、水を汲んだだけでみてないですね……」

「ちょっと【鑑定】していただけますか？」

「はい、わかりました」

言われた通りに汲んだお水を鑑定します。

アリティアの清水：水の精霊アリティアによる祝福が施された水。
元は精霊池と呼ばれる池の水。

パン　ありがとう　おいし　かった

「えっ」

精霊による、祝福？

「いやぁ僕も驚きましたよ。精霊に祝福された水なんて久しぶりに見ました」

「シルヴァンでも久しぶりなのね……」

「精霊使いならまだしも普通に依頼で持ってこられたのは初めてですよ。なのでミツキ様が池でどのようなことをしたのかお聞かせ願いたく」

「あ、はい」

池での行動を包み隠さずお二人に伝えました。

「勝手に持ってくるのは駄目かな、と思いまして……」

「なるほど……ありがとうございますミツキ様」

「あの池に精霊がまだいるってことがわかるだけ良い情報です」

「全然見えませんでした……」

「恐らく姿を現さなかったのでしょうね」

驚きました。でも、クロワッサンを気に入っていただけたようで嬉しいです。精霊も気に入った
クロワッサン！　として売り出してもらいたいくらいですね。

「精霊がまだいることがわかりましたので、森に入る際の注意喚起を致しましょう。イタズラに精
霊を刺激しないよう周知を」

「精霊の怒りは買いたくないですしねぇ」

「あ、あの依頼は失敗でしょうか？　依頼と違うものを持ってきてしまったことになりますか？」

「いいえ、依頼は文句なしの達成になりますよ。最高級のものを持ってきていただいたので、ギル
ドマスターからも報酬アップしろって言われてますからね」

シルヴァンさんが手でOKのマークを作りながら笑顔を浮かべます。……口元しか見えませんが。

ー依頼完了しましたー
採集依頼達成報酬として５０００００リル手に入れました。

討伐依頼達成報酬として2000リル手に入れました。

ボーナスポイントとしてSP5を手に入れました。


「？　え？　桁《けた》がおかしくないですか？」

「いえ、正当な報酬となります。精霊に祝福されたアイテムは滅多に出回りません。この依頼を出した方にお伝えしたところ、この金額で買い取らせてもらうとご連絡がありました」

「大金持つのがお嫌ならギルドで口座作って預けることもできますよ」

「ぜひお願いします！」

もらった50万2000リルの内の52000リルを今までの手持ちに加えて、差額の45万リルはギルドに預けることにしました。大金、こわいです。

口座作ってそこに入れてもらうことにしました。

「引き出すときはギルドカードを翳《かざ》してくださいね」

「は、はい……」

「お時間いただきありがとうございました」

「ギルドへのご協力感謝いたします」

「し、失礼します……」

わたしはぼーっとしながらギルドから出ました。クロワッサンを供えただけなのに大変なことになりました。

元来日本人って八百万の神々の信仰もありますし、結構信心深いと思うんですよね。

わたしも星が好きなので星座や神話をよく調べます。

なので神様はいると思いますし、ゲームならなおさら精霊も妖精もいるでしょうに。

こ、これからも気を引き締めて行きましょう。変なことをしないように気を付けてプレイしましょう。

な、なんか色々あって精神的に疲れました。今日はもうお宿で休んでログアウトしましょう。

ティナさんから鍵を借りてベッドに倒れ込みます。

今日は一日色々ありました。ログアウトしましょう。


ログアウトしました。色々あって疲労感があります。


「ふへへ……」

自分のことを認めてくれる人がいるっていいですよね。とてもやる気が出てきました。

明日からまた学校ですし、ゲームはゆっくりやりましょう。

昼間は学校で何かゲームに役立ちそうな事でも調べてみましょうかね……。

スキルポイントも溜まってるので何か有用なスキルも探しましょう。

あ、料理本とか買いましょうかね。ゲームの中でも料理を作ってみたいです。

お風呂とご飯をすませて学校の準備をします。

そしてベランダのハンモックに揺られながら星空を眺めます。

「おおぐま座の北斗七星、こぐま座の北極星……」

ゲームだとマップがあるので方位磁石とかなくても大丈夫ですけどね。星の位置で方位もわかるし覚えていても損はないです。

ユアストの星空がこの星空と同じなのが前提ですけどねぇ……。

よし、明日からもまた一週間頑張りましょう。部屋に戻ってベッドに横になります。

「おやすみなさい」

9日目　ポーション作製！③

起きました。おはようございます。週の始まりは憂鬱《ゆううつ》ですよねぇ……。

わたしはスマホの通知を開きます。

Your Story －ミツキ－
－8ページ目－
グレナダのワイルドボアバーガーはスパイシーで人気商品です。とても美味しかったでしょう。
リゼットから薬師兼弟子としてのブローチをいただきましたね。

住人との縁を大切にしてくださってるようで何よりです。
調味料を初めて買ったようですね。
あなたはどのような料理を作るのでしょうか。
パンも雑貨も、欲しいものを買えたようで良かったですね。
グレナダのところは日替わりでいろいろな食材を扱っているそうですよ。
お目当ての報酬はもらえたでしょうか。
あなたの冒険に役立つものがあれば良いですね。
ブティック『スカーレット』はどうでしたか？
新たな出会いは良いものです。
彼らの作る装備はとても人気なのです。
コッコとの戦いは見事でした。
戦うのが日々上手くなっています。
新しい魔法も覚えましたね。
コツコツ積み重ねましょう。
精霊の事を思いやってくれているようでとても嬉しいです。
精霊は大切にされれば恩を返す存在です。
蔑ろにすれば、蔑ろにされる。そんな存在です。
これからも自由に冒険するのを楽しみにしています。

縁を大切にしてくださいね。

お疲れ様でした。


中々に濃いストーリーになりましたね！　一日でいろいろありすぎましたね。

わたしこれでもまだゲーム始めて八日目くらいなのです。

人と縁を繋ぐのは大変ですが、ゲームではたくさんの出会いに恵まれています。そろそろフレンドもつくるべきですかね……。

いつまでも攻略サイト頼りでいいものか悩みどころです。一人でやるのも楽しいですが、誰かとワイワイやるのも好きなのです。ゲームでも誰かと冒険、してみたいですね。

リア友はユアストやってませんし、ゲームの中でなにかのタイミングで誰かと仲良くなりましょう！

よし！　今日も一日乗り越えましょう！


学校終わりました！　帰りましょう！

本屋に寄ってレシピ本や園芸などの役に立ちそうな本を探してみましょうかね。

ユアストのパッシブスキルはあくまで補助的なものです。使い続ければ熟練度は上がりますが、良くも悪くも使い手によるところがあります。

元からボクシングや剣道など武道系を嗜《たしな》んでいる人はスキルを使わず自分の技で冒険している方

が多いらしいです。

わたしは避けるのは少しだけ得意です！　それはゲームのおかげで成長しているようなものです。料理もあくまで補助的なもの、ゲーム内でちょっと味に補正や追加効果？　がつくようになるのだとか。

レシピ本はゲームの中にもありますが覚えておいて損はないですしね！

なので和洋中のかんたんレシピ本とサバイバル本を買いました。

いつ何が起こっても生き残れるようにしなければなりません。安全に天体観測するために！

星空の下で美味しいもの食べるぞ！


帰宅してお風呂とご飯を済ませました。

最近は日が落ちるのゆっくりになりましたよねぇ。

よし、ユアストでポーション作りでもしましょう。

ログインしました。部屋でストレッチして身体を伸ばします。


顔を洗って椅子に座って、窓の外を眺めながらコッコの唐揚げを食べます。衣がサクッとジューシーです！　ご飯がほしいです……！

窓の外は、そこそこ多くの人が歩いています。ルクレシアの人口割と多いですね。日が暮れたルクレシア、活気があって良いです。大部分はＮＰＣですが、チラホラプレイヤーもいます。

それに、うっすらと輝き始めた星々も良いアクセントです。ユアスト、空のグラフィックが綺麗で素晴らしいですね！

よし、ポーション作りましょう！

一時間程度でポーション五十本、ＭＰポーション二十本作りました。あとでリゼットさんのところへ持っていきますかね。

……レベルは上がりませんねぇ。

よし、明日も作りましょう！　今回は平日なのでここまで！

片してログアウトします。

「ふぅ」

ゲーム楽しいです！　はやく連休になりませんかねぇ……新しい装備がどんなものになるのか楽しみですねぇ。土曜日にはスカーレットさんのところに行きましょう。

「ありゃ、雲が出てる」

窓から見た空は、曇っています。昼間晴れてたんですけどねぇ……。

まぁ空は変わりやすいですし、しょうがないですね。明日の準備をして寝ましょう。

「おやすみなさい」

10日目　大地の輝きでのディナータイム

おはようございます。あいにくの雨です。
雨の日は湿気に負けて髪の毛爆発するんですよね……着替えながら通知を開きます。

Your Story －ミッキ－
－9ページ目－
グレナダの唐揚げはルクレシアの住民にも大人気です。
美味しかったでしょう?
ポーションやMPポーションを作る速度がはやくなっています。目に見えて上達がわかるのは良いですよね。
お疲れ様でした。

唐揚げ美味しかったですね……今日の夕飯は唐揚げ作りましょうか。
レシピ本に唐揚げの作り方載ってましたので！　練習練習！
それでは今日も一日頑張りましょう！

まさか唐突に出された学校の課題と親戚の集まりが重なって金曜日までゲームが出来ないとは……。

今日こそはゲームにログインしましょう。わたしもさすがにゲームやりたいです。

いつも通りの学生生活を送って帰宅しました。ご飯とお風呂をパパっと済ませてログインします！

ログインしました。今日はどこか町の中でご飯食べましょう！

顔を洗って、身なりを整えていざ！　ティナさんにオススメのご飯屋さんをお伺いしましょう。

「ティナさんこんばんは。この辺でオススメのご飯食べられるところ、ありますか？」

「はいこんばんは！　そりゃウチだ！　って言いたいところだけど、友達がやってる所でいい店あるよ！」

「わ、行ってみたいです」

「宿を出たら左にちょっと歩くと、『大地の輝き』っていうお店があるんだ。野菜を売りつつ、料理も食べられるお店さ。そこはレジアっていうあたしの友達がやってるのさ」

「ありがとうございます！　行ってみます」

「はい、行ってらっしゃい！」

ティナさんにオススメのお店を聞いたので向かおうと思います。

いいですね野菜。野菜を買いつつ、そのお料理も頼みましょう！　こういうところの料理は野菜を知り尽くしてるのでとても勉強にもなります！

夜のルクレシアの町を進むこと数分。

見つけました。『大地の輝き』さんです。見た目は普通の八百屋さんですがね……。

「こんばんはです」

「はぁいこんばんは。あら、初めて見る人ね」

「ティナさんのご紹介で来ました。ミツキと言います」

「あら、ティナの」

「お野菜を買えて、ご飯も食べられると聞きまして……」

「ふふ、そうよぉ。ウチは野菜中心のヘルシーなメニューを取り扱っているわ。食べてく？」

「ぜひ！」

「いらっしゃぁい」

おそらくこの方がレジアさんだと思われるのですが、なんというかこう、とてもゆったりした方で、すごい人妻って感じがしますね……。

レジアさんの後に付いていくと、二階がレストランになっていました。おお、室内に緑が溢れて心地良いです。お部屋の中ですが、自然の中にいるような雰囲気です。

「これがメニューよぉ」

「ありがとうございます！」

「こっちがウチで取り扱ってる野菜の一覧よ。買いたいものをみておいてねぇ」

「はい！」

レジアさんがお冷の準備をしてくださってる間にメニューを眺めます。おお、お野菜をふんだんに使ったメニューが多いですね。

「決まったかしらぁ？」

「この彩り野菜セットでお願いします！」

わたしが選んだのは彩り野菜セットです。メニューはオレンジ野菜のスムージー、サラダ、トマトとたっぷり野菜のミネストローネ。とっても美味しそうです！

「うけたまわったわぁ。ちょっと待っててねぇ」

レジアさんが注文を受けて一階に下りていくのを見届けて、わたしは野菜の一覧を眺めます。

さすがの品揃えですね。片っ端からちょっとずつ買いたいです。アイテムボックスがあって良かったです。たくさん入りますし時間は止まっているのでいつでも新鮮なお野菜を保管しておくことが出来るなんて便利ですよね。

今アイテムボックスに鶏肉系はたくさんありますがお野菜はすっからかんなので買いだめしましょう。野菜は大切です。

「お待ちどおさまぁ」

そう考えていると、レジアさんが料理を持ってきてくれました。

「わぁ……！」

彩り野菜なので見た目がカラフルでかわいいです！　ミネストローネもいい香りです！

「いただきます！」

「どうぞ召し上がれ」

オレンジ野菜のスムージーを一口いただきます。ん～～～甘くてすっきりして美味しいです！

サラダもレタスはシャキシャキですしトマトの酸味がオーロラソースと絡んで美味しいです！

オーロラソースは確かケチャップとマヨネーズを混ぜて作るんだったでしょうか。今度作りましょう。調味料を買ったお店にはどちらも大きめの瓶で売ってました。

そしてたっぷり野菜のミネストローネ。

細かく刻まれた野菜が具沢山でお腹いっぱいになりますし身体が温まって大満足です！

ジャガイモもベーコンも美味しい！

「んんん美味しいですぅ」

「それは良かったわぁ。美味しそうに食べるわね」

「美味しいですもん！　……お店は大丈夫です？」

「大丈夫よぉ。ティナが寄こした渡り人さんを眺めてるほうが楽しいわぁ」

「そ、そうですか」

「ええ。渡り人さんはそんなに来ないもの」

対面で頬杖つきながらこちらを眺めるレジアさんは、わたしを眺めてふんわり笑います。

「野菜は好きかしらぁ？　まあ聞かなくても表情でわかるけど」

「へ、わたしそんなに顔に出てますか？」

「ええ。美味しいものが好きだって顔しながら食べてるわぁ」

「へへ……でもお野菜すごく美味しいです。帰りに買わせてください」

「いいわよぉ。……そういえば名前言ってなかったわね。レジアよ」

「はい、よろしくお願いします！」

そこからは食べながらルクレシアについての他愛ない話をしました。レジアさんは聞き上手話し上手で、お話が途切れませんでした。

「ごちそうさまでした！」

「お粗末さまでした。お代は野菜を渡すときに纏めるわねぇ」

「はい！　とても美味しかったです」

「ふふ、ウチの野菜は手間ひまかけて作ってるからね」

レジアさんのあとに続いて一階へ戻ります。そして野菜を買います。

ひとまず片っ端からトマトやジャガイモなどの小さい野菜を二十個くらい、キャベツやレタスを三玉くらい買います！

「渡り人ってすごいたくさん買うのねぇ」

「アイテムボックスがあるとついたくさん買ってしまいますね……」

「ふふ、お店としてはとても嬉しいわぁ」

「お会計お願いします！」

夕飯代合わせて総額１０００リルくらい野菜買いました。これでキャンプできますね！

食料には困らないようにしませんと！

ディスプレイで支払いを済ませて、お店を出ます。

「ありがとうございました！　ごちそうさまでした！」

「今後共ご贔屓に～」

ゆるっと手を振って見送ってくるレジアさんに背を向けて、宿への道を歩きます。ちょっと横道それて調味料の店に寄り道します。もう少し多めに調味料揃えておきたいです。

大きめの瓶の調味料を買い足しました。６０００リルくらい吹っ飛びましたが今のわたしは小金持ちなので何も怖くないです！　まだギルドの口座に45万リルあります。

ふふふこれでオーロラソースも作れます。レシピ本で作り方見といて良かったです！

戻ったらポーション作ってログアウトですね。

「戻りました！」

「おかえり！　もう部屋に行く？」

「はい、部屋でポーション作ります！」

「はいよ！　ほどほどに頑張るんだよ！」

「ありがとうございます！」

鍵を受け取って部屋に戻りました。満腹です。やる気出ました！

ポーション作りますよ！

－サブジョブレベルが上がりました－

―サブジョブレベルがＭａｘになりました―

―翠玉薬師の弟子の称号を確認―

―サブジョブが自動的に薬師になります―


ＭＰポーションを五十本とポーション六十本作れました！　そうしたらレベルが上がりました。自動的に薬師になりましたね。

本来は何か試験みたいなものがあったのでしょうか。わたしにはリゼットさんというとても素晴らしいお師匠様がいますので、なんか普通じゃないルートを進んでいる気がしますね。

まぁこれで新しいアイテムの作り方をリゼットさんから教わることができますね！　楽しみです！

そこそこいい時間になってきたので、ログアウトします。明日はスカーレットさんの所へ向かって装備を受け取りに行きましょう！

……もう少しお金おろしておきましょうかね？　明日ログインしたらギルドに寄って、依頼を受注してお金をおろして向かうことにしましょう！


ログアウトしました。ひとまず寝る準備をしてベッドに横になります。あ、兄からメッセージグループに写真が送られてきました。友人と肩くんでオーロラの下で笑顔浮かべてます。

いいなぁ……オーロラ綺麗だなぁ……兄は兄で楽しそうで何よりです。

親指立てた猫のスタンプを押して、寝ることにします。

「おやすみなさい」

11日目　新しい装備、そしてレベルアップ

おはようございます。朝日が眩しいですね。

今日は父と母が二人でプラネタリウムデートするって言ってました。歳を重ねてもラブラブで恥ずかしいですが仲が良くて何よりです。

今日はご飯の時間を気にせずゲームしましょう。食べるのは自分だけですし！

ストレッチをして着替えて朝ごはんを食べて両親を見送ります。

「満月、ゲームもいいけどちゃんとご飯食べるのよ」

「わかってるよ！　ちゃんと食べる！」

「じゃあ父さんたちは出かけてくるからね」

「わたしは気にせずゆっくりしてきて！」

片付けしてお風呂掃除もして、準備万端ですね！　おっとその前にユアストの通知を開きましょう。

Your Story －ミツキ－
－10ページ目－
大地の輝きで野菜をふんだんに使った料理を食べました。
野菜もたくさん買いましたね。気持ちのいい買い方です。
調味料をたくさん買いました。
どのような料理に使われるのか楽しみです。
薬師のレベルも上がりました。
見習い薬師からの卒業おめでとうございます。
薬師として精進してください。
お疲れ様でした。

お金があると買いたくなってしまう不思議です。自然に囲まれて料理したいですね！

きっともうすぐやれる気がします！

では早速ログインしましょう！


ログインしました。新しい装備が気になりますからね！

身なりをパパっと整えてコッコの串焼き（タレ）で素早く満腹度を上げます。

それにしても思ったのですが、薬師になっても薬師のアーツは増えませんでしたね……。

リゼットさんの所へ行けば何か覚えるのでしょうか。

今日はギルドでリルをおろして依頼も受けて、スカーレットさんの所で新しい装備を受け取ります。そうしたらリゼットさんの所に寄って、新しいアイテムの作り方を教えていただきましょう！

午後は討伐依頼を受けてレベリングもしましょう！

「ティナさんおはようございます！　鍵お願いします！」

「おはようミツキさん！　あ、今日で宿泊予約は最後だけど延泊するかい？」

「ひとまず今日はまた泊まらせてください！」

「あいよ！　ひとまず300リルね」

今日の分の宿泊費をあらかじめ支払っておきます。

「お部屋はとっとくね。いってらっしゃい！」

「はい、いってきます！」

ティナさんのお宿を出ていざスカーレットさんの所へ！　どんな装備でしょうか……ワクワクが止まりません！

その前にギルドへ向かうんでした。気が逸ってて忘れそうになりました。

急いでギルドに向かいます。

土曜日のギルドは人が多いですねぇ……割とプレイヤーの方が多いですね。

初々しい方もいれば依頼を何個も持っていく手なれたプレイヤーもいます。

よく見るとわたしと似たような装備の方もいれば中々に硬そうな鎧を着てる方もいます。

やはりいい装備もゲームには必要なのですね。

プレイヤーの合間をすり抜けて依頼を眺めます。

コッコのお肉は十分手に入れたので……暴れ牛×五体とジャイアントピグ×五体の討伐の依頼を受けます。この間はコッコ十五体も倒したのに暴れ牛とジャイアントピグは五体ずつでいいんですね？

ハッこれはまさか、倒すのが大変なのでは⁉　まぁ暴れまくる牛と大きめの豚ですもんね……。が、頑張りましょう。

採集依頼は魔力草を選ぶことにします。そろそろ魔力草のストックが怪しくなってきました。森で採取しましょう。

今日はサイファさんはいらっしゃらないようですね。違う職員さんが依頼カウンターにいました。依頼を受注してギルドに預けたリルをおろします。

……大金持つのは怖いですが10万リルおろしましょう。

よし、今度こそスカーレットさんのところへお伺いしましょう！

ブティック『スカーレット』に着きました。

「おはようございます……」

そっと中を覗くとスカーレットさんと目が合いました。今日も麗しいですね。目元に隈がありますが……。

「ミツキさん！　待ってたよ」

「おはようミツキさん」

「今日はよろしくお願いします、スカーレットさん、クレハさん」

「うんうん。奥へどうぞ」

スカーレットさんが奥の部屋に入ると、クレハさんがわたしを連れて奥のお部屋に案内してくれました。

「俺たちの仕事はデザイナーなんだけどね。それと同じように付与術士としても活動してるんだ」

「付与術士っていうのは装備や武器に強化を付与する職業でね。私達はそれを洋服に付与しているんだ」

「それはすごいですね……」

「ふふ、ありがとう。だから今回はミツキさんにちょっといろいろ仕掛けた洋服を作ってみたんだ」

「い、いろいろ仕掛けた？」

いたずらっ子みたいな顔したスカーレットさんは一つの布のかかったトルソーの前で足を止めます。

「この約一週間俺達はこれにかかりきりだったけど、良いものが創れたと思っているよ」

「ミツキさんが気に入ってくれると嬉しいな」

お二方はそう言って布を下ろしました。

「……っ！」

そこには、薄めのグレーの折襟のシャツにネクタイ。

膝丈の長さで広がる厚めの生地の黒のキャミソールワンピース。

わたしの好みど真ん中！　ストライクゾーンばっちりです！

「えっ！　あの、これ！」

「ミツキさんがブティックの中でこの系統の服を見てたってスカーレットが言っていたから、こういうのが好みかなと思ったんだけど、当たりかな？」

「とっても！　大好きです！」

「ふふ、良かった」

「俺達頑張ったからね。着てみてほしいな」

私服に欲しいくらいなんですけどこれ本当に防具なんですね？　すごすぎます！

お洋服を受け取ってフィッティングルームで着替えます。

と言ってもウィンドウで操作するだけですけどね。一瞬で着替えることができました。

目の前の姿見で全身確認します。

「すっごくかわいいです……！」

あまりにも好みすぎます！

シャツは全然捲りやすいですし、二の腕にボタンが付いてるので捲って落ちてこないように留めることができるのでポーション作りの邪魔になりませんし、このワンピースも厚めの生地ではありますがとても軽いです。

ネクタイには紫色の薔薇がワンポイントで刺繍されていて、ワンピースには左右で短めのスリットが入っていて、星のチャームが付いています。

襟にリゼットさんからいただいたブローチをつけます。

「ど、どうでしょうか」

「……うん、俺の目に狂いは無かったね！　よく似合ってるよ」

「とても可憐だね」

「あ、ありがとうございます……！」

「性能もみてみてくれるかい？」

メニューを開いて装備欄を詳しくみてみます。

装備
[頭]　なし
[上半身]　コズミック・ローズ
[下半身]　コズミック・ローズ
[靴]　ウォーホースのブーツ
[武器]　魔花の杖
[アクセサリー]　なし
[アクセサリー]　なし

コズミック・ローズ
スカーレット・クレハによって創られたプレイヤー専用装備。

動きやすさとプレイヤー好みに合わせて作られているため、プレイヤーの動きの邪魔になることはない。

【再生】【清潔】【全耐性（小）】【破壊不可】【物理防御（小）】【魔法防御（小）】

防御・魔防＋種族Ｌｖ

な、なんですかこれ！　レベルの数だけ上がるんですか！　明らかに性能もリルも高いやつでは？

「す、スカーレットさん！」

「いやぁ、創るの楽しかったよ」

「いやでもこれ絶対初心者にいただけるものではないですよ！」

「……てへ」

「そんな可愛い顔しても駄目です！　今は20万リルしか出せませんよ！」

「すまない……創り始めたら止まらなくて……」

「クレハさんまで！」

【破壊不可】とか付与できるもんなんですか⁉　この二人凄腕の付与術士なんでしょうそうでしょう！

「できるだけ長く使ってもらいたいなって思ったらやる気出たというかねうん。付与してみたら成功したんだ」

「そんな目線逸らしながら言われても！」

「というかミツキさんには良いものを着てもらいたかったんだよ」

「で、でもそんな、わたしはまだまだ初心者で」

「初心者とか関係ないさ。俺達はこれをミツキさんに着てもらいたい」

「確かに普段ならこんな無茶はしないけれど、ミツキさんとはこれからも仲良くしたいからね。投資みたいなものだよ」

　クレハさんはウィンク飛ばしながらそう言われますが……スカーレットさんは真剣な表情で続けます。

「本当はちゃんとミツキさんの要望を叶えて創らないといけなかったんだけど、これはミツキさんのこれからに必ず役立つはずだから、もらってほしいな」

「スカーレットさん……」

「あ、あと外套代わりのポンチョもあるから渡しておくね」

「スカーレットさん！　さすがに予算オーバーですよ！」

「よし、出世払いということにしておこうか」

　スカーレットさんは楽しそうに笑ってポンチョをわたしに押し付けてきます。

コズミック・ポンチョ
スカーレット・クレハによって創られたポンチョ。
袖口がゆったりしているため腕を振り上げても腕の邪魔をしないつくりとなっている。
【防寒】【防暑】【隠蔽】【自動回復】

名前の響きがかわいい！　けど性能が高い！

「こんなに良いものを、本当にいいんですか？」

「ぜひ！　長く使ってくれると嬉しいね」

「もうずっと着ます……ありがとうございます」

「ふふ、創ったかいがあったね」

「ミツキさんのやりたいことを手伝えるように創ったから、ぜひ冒険に役立ててくれ」

わたしはスカーレットさんに20万リル支払って、お礼を告げてお店を出ました。こんなに良くしていただいてよいのでしょうか。あまりにも恵まれています。

申し訳無さがこみ上げてきましたが、それはお二人に失礼になってしまいます。

どうやってお二人に恩返しできるでしょうか。これから考えましょう。

お二人の厚意をないがしろにしてはいけません。お二人はわたしのために創ってくれました。

絶対にこの御恩は忘れません。必ず恩返ししましょう。

その為にも強くなって、お二人が欲しがる素材などがあったら積極的に集めましょう！

よし、これから頑張りましょう！

良くしてくれた皆さんのためにも、役立てるように強くなる！　それも当分の目標に加えます！

それではリゼットさんの所へ向かいましょう。そして目指せ本日中のレベルアップです！

◆◆◆

「ちょっと無理があったかな」

「まぁ明らかに押し付けたからね……」

申し訳なさそうに店を出ていったミツキを思い出しながらスカーレットはポツリと呟いた。

「ミツキさん恐らくこれから忙しくなるし大変になると思うから、それを助けたくて創っちゃったんだよね」

「ヴァイスの案内で行くのは星詠みの魔女の所、だからね」

「彼女のチェックは厳しいからね。でも俺達もカレンもミツキさんのこと気に入ってるから、ミツキさんには頑張ってもらいたいんだ」

「……私もだよ。でもミツキさん素直な子だから、きっとスカーレットの思いは伝わっているはずさ」

スカーレットに寄り添いながらクレハは思う。

どうかミツキの冒険が上手く行きますように、と。

◆◆◆

「おはようございます！」

「おはようミツキさん。あら、かわいいお召し物ね」

「はい、スカーレットさんの所でいただいたのです」

「そうなのね。とてもよく似合ってるわ」

「へへ、ありがとうございます……」

「……どうぞおかけになって」

「ありがとうございます」

「……何か思うところがあるのね。よかったら聞かせてくれないかしら」

「リゼットさん……」

「大切なお弟子さんのことだもの。助けになりたいわ」

リゼットさんのお言葉に、思っていたことをぽつりぽつりと話しました。先程は自分を鼓舞しましたが、どうしてもちょっとは罪悪感が残ってしまいました。

「そうなのね。……そう思うのは普通のことよ。でもミツキさんの重荷になりたい訳じゃないのよ彼らも」

「それは、理解しているのですが……」

「別にミツキさんに英雄になってほしいわけでもないし、英雄にしたいわけでもないのよ。……私達ルクレシアの住人は割とお節介焼きなところも大きいの」

ルクレシアは渡り人の玄関口でもあります。故に住人の皆さんは渡り人や旅人、冒険者に対して礼儀と親しみを込めて接しているのだとか。

「誰にでも優しい訳ではないけれど、仲良くなった人を贔屓にしてしまうところはあるわ。私もそう」

「リゼットさんもですか？」

「ええ。現に渡り人ではミツキさんしかお弟子さんにしてないもの。気に入った人しか私は教えてあげないのよ」

ちょっといたずらっぽく笑うリゼットさんにつられてわたしも笑顔になります。

「だから彼らもミツキさんのこと好きだからいいものを創ったのね。だからそれは、気にせずもらってほしいわ。悪いなと思うならこれからも贔屓にしてあげて。たまに食事とか連れて行くのもいいと思うわ」

「全然対価に釣り合わないと思いますが、よろしいんでしょうか……」

「創った本人たちが対価を求めてないなら、不要なんでしょうね。でも何か返したいと思うなら、ミツキさんなりにお返ししていくといいわ」

「……はい！　ありがとうございます。心が軽くなりました」

「ふふ、よかったわ。ならここからは薬師の師匠として、新しいアイテムの作り方を指南するわ」

「はい！　よろしくお願いします！」

リゼットさんに話を聞いてもらって、心が軽くなりました。優しさが心にしみました……。

よし、心を切り替えて新しいアイテムの作り方教わりましょう！

「ミツキさんは見習いではなく薬師になったのよね？」

「はい、見習いが取れました」

「ポーションの作り方は近くで見ていたから合格よ。あとはハイポーションやハイMPポーションを作れれば薬師のアーツが解放されるわ」

「あ、そうだったのですね」

「レベルが上がったのに何もアーツが増えないのか、って思ったでしょう？」

「はい……」

「ハイポーション、ハイMPポーションといったレア度高めのアイテムはジョブが薬師にならないと作れないのよ。いくら熟練度が上がっていても薬師にならないとアーツはロックされたまま。扱うには誰かに教えを受けないといけないわ」

「教わらないと、アーツはロックされたままなのですね」

「ええそうよ。ミツキさんの師匠は私だから、このまま指南すればアーツは解放されるわ。お試し用の材料を用意するわね」

「はい、よろしくお願いします」

サブジョブはどなたかの教えを受けないと見習いが外れてもアーツは覚えられないのですね。勉強になりました。ある程度一人でプレイしているとそういう教えてくれる人を探すのは大変そうですね。

講習会みたいなものもあるんでしょうかね？　じゃないとたくさんの人に教えるのは大変でしょうし。

そんなことを考えていると、リゼットさんが戻られました。

「これがハイポーション、ハイＭＰポーションに必要な素材よ」

魔力草、魔力キノコはたくさん扱ったのでわかります。他のは見たことないですね？

えっと、【鑑定】してみると。

小瓶に入っているのは『妖精の雫』、この束は『月光草』、これは『星の砂』です。

……海沿いのお土産でよくみるやつです。

え、これ素材なんですか？　他の二つは依頼ボードでみましたが、星の砂はダイレクトに驚きました。

「ハイポーションに必要なのは魔力草、妖精の雫よ。ハイＭＰポーションに必要なのが魔力草、魔力キノコ、月光草、星の砂よ」

「聞いたことのない素材ですね……」

「妖精の雫は回復力を高めてくれるもの、月光草や星の砂は魔力をたくさん含んでいるからハイＭＰポーションの素材としてよく扱われるわ」

「妖精の雫、月光草、星の砂……はい、覚えました」

「途中まで作り方は同じよ。ハイポーションは二度目の【精製】の前に妖精の雫を一瓶入れる、ハ

ＩＭＰポーションは魔力草と月光草を同じタイミングですり潰して、刻んだ魔力キノコを混ぜたら一匙の星の砂を入れて【精製】すれば完成するわ」

「……はい、作ってみます」

薬師セットを広げて、鍋に魔力草と【精製】した水を入れてすり潰します。この工程も手馴れてきました。

ドロドロの青汁みたいになったところで、妖精の雫を一瓶入れます。小瓶なのでまるごとですね。見た目は特段変わりはないですが、【精製】します。

ハイポーション
ＨＰを50％回復する。

ハイポーションになってます！　妖精の雫すごいですね……。

よし、忘れないうちにハイＭＰポーションも作りましょう。途中までの工程は同じです。

魔力草と月光草をすり潰し、アイテムで刻んだ魔力キノコを鍋に投入します。

そして何回か混ぜ合わせて、星の砂を一匙入れます。

青汁に星の砂が呑み込まれて見えなくなりましたね……。

よし、【精製】！

ハイMPポーション
MPを50％回復する。

よし、作れました！

「ええ、満点よ」

「ありがとうございます！」

「ミツキさんは覚えがはやいわね。あとは薬師になると作れるアイテムのレシピがあるから、色々試してみてほしいわ」

「あ、ありがとうございます！」

「ミツキさんにはいろいろな所へ行ってほしいもの。素材は色々使うから、自分の目と足で探してみてね」

「はい！　探索するのも大好きなので、探し歩きます！」

「たまに成果を見せに来て頂戴ね」

「はい！」

－熟練度が一定値に達しました－
【短縮再現】【複製】のジョブスキルを手に入れました。
【精密操作】のパッシブスキルを手に入れました。

「わっ新しいスキルを覚えました」

「おそらく【短縮再現】、【複製】ね」

「はい、どのようなものでしょうか」

【短縮再現】はその通り、短い時間で作れるようになるものよ。ほかのアイテムで時間をおいて作らないといけないアイテムも、【短縮再現】を使えば短時間で作れるようになるわね。【複製】もそのまま、元と同じものをもう一つ作ることね」

「なるほど、便利なのですね」

「クールタイムがあるから、そうたくさん使えないけれど使って試してみてね」

「はい！」

これは後で試してみないとですね！

あ、そうでした。聞きたいことがあったのです。

「この、ポーション用とかの瓶ってどこから調達されてるのですか？」

「これは知り合いの錬金術師に依頼して作ってもらってるのよ。ミツキさんも、これから贔屓にする錬金術師と出会えるといいわね」

「錬金術師ですか……」

もしも良さそうなプレイヤーもしくはＮＰＣと出会えたら、交渉してみましょう。

それまでは手持ちの瓶の再利用ですかね。この間たくさん瓶を譲っていただきましたし。

「これからもお互いに、薬師として頑張りましょうね。何かあったらすぐ頼って頂戴」

「はい、色々教えてくださりありがとうございます！　これからもよろしくお願いします！」

「もしもクリスティアやルクレシアで変な人に絡まれたら教えて頂戴。ちょっとお話しするから」

「……そ、そのときはお伝えしますね」

ゴゴゴゴ……という効果音が聞こえた気がしました。リゼットさんは怒らせたらとても恐ろしそうです。絶対怒らせないようにしましょう。

「レシピ本に載ってるアイテムが全て作れるようになったら来て頂戴ね。次のレシピ本と作り方を指南するわ」

「はい、お世話になります！　また来ますね」

「ええ。いってらっしゃい」

「いってきます！」

リゼットさんにお礼を伝えて、手を振ってお店を後にします。ひとまずレシピ本のアイテムを作れるようになりましょう！　もしも他の町に行ったときにはお土産でも買いましょう。

ちょうどお昼の時間になりますね。ログアウトしてお昼を食べてきたら、午後は依頼のモンスターを倒しましょう！　目指せ今日中のレベルアップ！

わたしは道の端でログアウトしました。

「とても素直で良い子だわ。……少し寂しくなるわね」

ぽつりと、リゼットはカウンターで呟いた。

リゼットが渡り人を弟子として迎え入れたのは今回が初めてだ。子供たちを薬師として育て上げ、他の町で薬師として活動している。リゼットは一人、ルクレシアで店を開いていた。

カレンが渡り人を連れてきたとき、顔には出さないが少なからずリゼットは驚いていた。

交流を続けるうちに明るく真面目に、素直に教えたことを吸収するミツキを好ましく思っていた。故に弟子として迎え入れたのだ。接しているうちに孫のような感覚を持っていたのは恥ずかしくて伝えられないけれど。

「きっといい薬師になるわ」

各地でお店をやっている子供たちにミツキの事を伝えるために、リゼットは近況と共に手紙をしたためるのであった。

こうしてミツキの知らない間に各地の関わりある住人達に、ミツキの事が知られていくのであった。

◆◆◆

ログアウトして昼食を食べました。手早く済ませるためにレトルトカレーにしちゃいました。

今のレトルト食品って凝ってますし美味しいですよね……。

洗い物を済ませてゲームにログインです！


ログインしました。

午後の目標は魔力草の採取、ジャイアントピグと暴れ牛それぞれ五体討伐することです。

時刻は十三時です。時間に余裕はありますので、討伐を優先しましょう。

倒すの大変そうですし。

ジャイアントピグと暴れ牛が出現するのは東門を出た草原だとギルドで見かけた気がします。

東門を出て探索しましょう。

さっそくポンチョを羽織ってみます。うーんかわいい。腕を振っても腕の邪魔をしません。

不思議な感覚です。

いつも通り門番さんにギルドカードをみせて門を出ます。なんかうっすら遠目に群れみたいなのが見えますすね。ひとまずその群れに向かってみます。

群れに向かって走り続けること十五分ほど。

よくよく考えればソロで群れに突撃するのは中々無謀でしたね。

暴れ牛　Lv. 5　アクティブ
【突進】【角撃】【激昂】

暴れ牛　Lv．5　アクティブ
【突進】【角撃】【激昂】

暴れ牛　Lv．5　アクティブ
【突進】【角撃】【激昂】

暴れ牛三体と出会いましたが近くで見る牛は大きいですね！　レベルが低めなのが幸いです！

それに試さないといけないこともあります。

この間ステータスを確認するまで忘れていた【身体強化（魔）】のアーツです。

これを使って次は水魔法と土魔法の新しい魔法を覚えられるように乱射しましょう！

まぁ威力がどれくらい変わるか知るためにまずは使わないで攻撃しますか。

「ウォーターボール！」

「ブモォ!?」

ウォーターボールは狙い違わず暴れ牛に当たります。暴れ牛のHPを二割飛ばしました。

わたしも成長しましたね。慢心せず突き進みましょう！

「よし、【身体強化（魔）】！　ウォーターボール！」

「ブモォォォ!?」

わ！　三割減らしました！　熟練度が上がったらどこまで伸びるのかたのしみですね！

三体の暴れ牛を相手に魔法を駆使して戦っていましたが、不意に背後に気配を感じて振り向くと、暴れ牛が三体増えてました。

「ひっうわぁ！」

前方の暴れ牛への注意が散漫になっていたからか、暴れ牛の突進を受けて転がりました。

いっ……たくない！　あまりダメージ受けてないです！

新しい装備のおかげでHPは一割くらいしか減りませんでした。ありがたいことです！

MPを回復してまたひたすら避けながらウォーターボールを放ちます。

「よいしょっ！」

すれ違いざまに顔に向かって杖をフルスイングします。それは運良く暴れ牛の目を傷付けてくれたようです。勢いのまま暴れ牛は地面に転がります。

「ウォーターボール！　ウォーターボール！」

ひたすらにウォーターボールを放って杖で殴ったり勢いつけて蹴り飛ばしたりして暴れ牛を四体倒したとき、待ちに待ったアナウンスが流れました。

－水魔法の熟練度が一定に達しました－
ウォーターアローを取得しました。

よし！　ナイスタイミングです！

わたしは残りの二匹に向かって覚えたての魔法を放ちます。

「ウォーターアロー！」

「ブモォォォォォッ」

放たれた水の矢は勢い良く暴れ牛に突き刺さり、容赦なくＨＰを削り取っていきました。

いい威力ですね！

「ウォーターアロー！」

残った一体もウォーターアローでＨＰを削り取りました。【身体強化（魔）】の使い勝手の良さもわかりましたし、満足です。


—暴れ牛を倒しました—

暴れ牛の角、バラ肉、ヒレ、サーロイン、魔石（小）を手に入れました。


お肉！　すごいお肉落としますね！　しかもヒレ！　サーロイン！

わたしがすごいお肉ほしいなって思ってたからでしょうか。料理に使いましょう！　何に使いましょうか、楽しみですね。

時刻は……わっもう十四時です。一時間くらい暴れ牛と戦っていたみたいです。

暴れ牛は割とスタミナあって動くので一人だと中々大変でしたね。

よし、ジャイアントピグ探しましょう！

豚……豚肉……ハッ食いしん坊みたいな思考になってました。ちゃんと探さないとです。

森の周りを道沿いに歩いていると、ジャイアントピグらしきモンスターを見つけました。

……見つけたんですが、わたしの見間違いじゃなければあのモンスター……。

立ってるんですよね……。

ジャイアントピグ　Lv．5　アクティブ
【突進】【共食い】【狂化】

ジャイアントピグ　Lv．5　アクティブ
【突進】【共食い】【狂化】

ジャイアントピグ　Lv．5　アクティブ
【突進】【共食い】【狂化】

二足歩行する豚とは聞いていませんよ！

しかもわたしの気配に気付いたのか三体ともぐるんとこちらを向きました。

「ひえっ」

そしてそのまま、二足歩行でわたしに向かってきます。

「うっちょっと気色悪い！」

牽制《けんせい》目的でファイアーアローやウィンドアローを放ちます。ジャイアントピグは被弾しても構わずこちらへ向かってきます。

「ひぃぃぃ」

わたしホラーは大丈夫ですけど気持ち悪いのは苦手なんです！　ちょっと鳥肌たってきました。

これは時間かけずにさっさと倒してしまいましょう！

ＭＰポーションを呷って魔法をテンポよく放ちます。

「【身体強化（魔）】ッ！　ウィンドアロー！　ファイアーアロー！　ウォーターアロー！」

「ブヒィィィィッ」

ＭＰポーションは作れば良いのです！　回復回復！　とりあえずはやく倒したいのです！

わたしは地面を転がって避けたりしゃがんで避けたりしながら魔法を当てていきました。

「はぁっ……サンドボール！　サンドボール！」

足元を狙って土魔法を放ちます。それは足元に命中してジャイアントピグを転がしました。

「ファイアーアロー！」

ここで豚の丸焼きにしてやるんですよ！

―ジャイアントピグを倒しました―

ジャイアントピグのバラ肉、ロース、魔石（小）を手に入れました。

「はぁ……つかれた」

なんだか精神的に疲れました。二足歩行で追いかけてくる豚の夢を見そうです。

あと、二体……探して倒しましょう……普通の豚だったらまだここまで嫌悪感を抱かなかったんですがね……。

あっまた三体います……やってやりますよぉ！

「やぁぁぁ！　見敵必殺！　ファイアーアロー！」

わたしはＭＰを気にせずジャイアントピグに魔法をぶつけるのでした。

－ジャイアントピグを倒しました－

種族レベルが上がりました。

任意の場所へステータスを割り振ってください。

ＳＰを2獲得しました。

メインジョブレベルが上がりました。

メインジョブがレベルＭａｘになりました。

特殊ジョブ?・?・?・?・ウィザードへの分岐を確認しました。

任意の転職先を選んでください。

ジャイアントピグのモモ肉、魔石（小）を手に入れました。

つ、つかれました！
そして怒涛《どとう》のアナウンスです。
なにやら気になるワードもありましたが、ひとまずステータスを振りましょう。

ミツキ　Lv．10
ヒューマン
メインジョブ：見習いウィザード　Lv．10（Max）／サブ：薬師　Lv．1

ステータス
攻撃21＋1（＋5）　防御24（＋10）　魔攻37＋2（＋10）
魔防25（＋10）　敏捷30（＋15）　幸運18＋2

今回は幸運値にも振っておきました。どれくらい幸運になれるかはわかりませんけどね！
時間には余裕があるので、ひとまず敵に注意しながら転職先とやらを確認してみましょう。

ウィザード

一般的な魔法使い。四魔法を使いこなす潜在能力を秘めている。魔攻に補正がかかる。

?・?・?・?・ウィザード

現在イベント進行中。このジョブを選ぶにはイベントを進めてください。

ほう？　ウィザードは恐らく一般的な見習いからの転職ですね。

そして、その下の?・?・?・?・ウィザード、と言うものが特殊ジョブ、とのことですね。

レベル10になったら来いとヴァイスさんが言っていたので、きっとこの転職に関係あるんでしょう。時間に余裕を持ってヴァイスさんのところにお伺いしようと思うので、明日図書館に向かうことにします。

よし、では森で魔力草を採取しましょう！　ＭＰポーションたくさん使ったので魔力キノコも欲しいですね。

わたしは森へと足を進めました。

「あ、元気な魔力草と魔力キノコです」

【植物学者】のおかげで見分けがついて便利ですね。

あ、バジルも生えてます。よくよくみたらハーブ類も生えてるの不思議すぎますね。

料理に使えるので採取しましょう。

ある程度魔力草も魔力キノコも集めたので一旦休憩します。

切り株に腰掛けて、ウォーターボールで手を洗ってからキッシュを食べます。

ふむ、これはほうれん草とベーコンのキッシュですね。美味しいです！　パイ生地って甘いものにもしょっぱいものにも合って素晴らしいです。

今度作り方を調べておきましょう。

ちょっと休んで、ルクレシアへと戻ります。達成報告したら、ギルドランクが上がるはずです。

ひたすらにまっすぐルクレシアへと走って戻ってきました。

ギルドへ報告に向かいます。時刻は十六時過ぎました。

この時間帯でもギルドは人が多いですね。

あ、依頼カウンターにはサイファさんがいます。並びましょう。

「依頼達成しました。よろしくお願いします！」

「ミツキ様お疲れ様です。ギルドカードをお預かりしますね」

サイファさんがギルドカードを専用の機械に翳します。

「はい、確認いたしました。規定の回数の依頼を熟していただいたのでランクアップが可能です。ランクアップ致しますか？」

「はい、よろしくお願いします！」

―依頼を達成しました―

採集依頼達成報酬として５００リルを手に入れました。

討伐依頼達成報酬として5000リルを手に入れました。

規定回数の依頼達成を確認しました。

ギルドランクがFになりました。


ギルドランクがFになりました！　受けられる依頼も増えますね！

「おめでとうございますミツキ様」

「ありがとうございます！」

「これからも当ギルド共々よろしくお願いしますね」

「こちらこそお世話になります！」

サイファさんに挨拶してギルドを出ます。

……明日ヴァイスさんの所へ向かうのになにか簡単につまめるものでも買いましょうかね。手ぶらは申し訳ないです。

子羊の宿り木へと向かうまでに紅茶の専門店を見つけました。

ルクレシアっていろいろなお店がありますね……。わたしたちの世界と変わらない品揃えです。

自分用にティーバッグを何個か買わせてもらい、ダージリンの茶葉とお菓子のギフトセットを買いました。

手持ちのお金は約5000リルくらいになりました。わたしにとっては大金ですね。

……これはいらないって言われたら持って帰りましょう。

「ティナさん戻りました！　鍵いいですか？」

「はい、おかえりなさい！　お疲れ様ね！」

ティナさんから鍵を受け取って部屋に入ります。今日も色々ありました。

わたしのページの内容が濃くなりますね。後で見返したらわたしの冒険、始めたてなのに内容が濃い！　ってなるのでしょうかね。

明日に備えて今日は休むとしましょう。ログアウトします！


ログアウトしました。夕飯とお風呂の準備をします。

そして帰ってきた両親と他愛ない話をして、日課の天体観測をします。

「今日はきれいに月がみえるなぁ」

望遠鏡で覗く月はとても大きく、月面がくっきり見えます。大きく深呼吸して月光浴したあとに、部屋に戻りました。

明日はどんなお話が聞けるか楽しみです。

「おやすみなさい」

12日目　星詠みの魔女

おはようございます。あいにくの雨です……。

寝転がりながら枕元のスマホを掴んで通知を開きます。

Your Story －ミツキ－

－11ページ目－

スカーレットとクレハによって創られた装備はどうでしょうか。あなたの為に創られたものです。これからあなたの冒険の助けになるでしょう。

新しいアイテムの作り方も覚えましたね。

これからも薬師としてたくさんのアイテムを作ってください。

たくさんの素材があなたを待っています。

暴れ牛やジャイアントピグとの初戦闘はどうでしたか。

慣れない戦闘も数をこなせば乗り越えられます。頑張ってくださいね。

森の中で食べるキッシュは美味しいですよね。

迷いなく素材を採取するあなたは専門家のようでした。

新たな冒険があなたを待っているでしょう。

お疲れ様でした。


振り返ると中々に濃いですよね……恐らく今日ログインしたらさらに色々起こるような気もしますが！

自分の冒険が思い出せるのは良いですね。たくさんページが刻まれるのが楽しみです。

ご飯を食べたらログインしましょう！


ログインしました。暖かな日差しが降り注いでいます。良い天気そうで良かったです。

顔を洗ってストレッチをして、塩クロワッサンを食べます。程よい塩味です。とてもふわふわです。ちょっとしたおかずにステーキも一切れつまみました。

……おかずにステーキって贅沢ですね。

よし、では図書館へ向かいましょう。

「おはようございますティナさん、お世話になりました」

「おはようミツキさん。この宿が気に入ったらまた泊まりに来てね」

「はい、その時はぜひ！」

「よし！　じゃあ気を付けていってらっしゃいね！」

「はい、いってきます！」

なんだかんだで二週間ほどお世話になりましたからね。ティナさんにお礼を告げて宿の外へ出ます。これからはキャンプセットを有効活用して行きたいところです！

宿の外はまだ人影がまばらです。プレイヤーは少なめです。

ゆっくりと足を進めて図書館に着きました。

時刻は八時半くらいなのですが、図書館は開いてるでしょうか。

扉を押すと開きました。開いてましたね。

カウンターにはミーアさんがいらっしゃいます。

近寄って控えめな声で話しかけます。

「おはようございますミーアさん」

「おはようにゃあ。ミツキさんは図書館利用するにゃ？」

「あ、いえ今回はヴァイスさんに御用がありまして」

ヴァイスさんの名前を告げるとミーアさんはピタリと動きを止めました。

お、おや？

「ミーアさん？」

「ハッびっくりしただけにゃ。気にしないでほしいにゃ」

「は、はぁ……」

「まさかミツキさんがヴァイス司書長の名前知ってるとは思わなかったにゃ」

「司書長さんだったのですか……」

「あの人は滅多に名乗らないにゃ。だから少なくとも名前を知る人は顔見知りということにゃ。渡り人にもほぼ知られてないからにゃあ」

「そうだったのですか……」

「それじゃあ呼ぶからそこのソファにかけて待っててくださいにゃあ」

ミーアさんはそう言ってカウンターにあった紫のベルを揺らします。

……何も鳴りませんね？

「これは特殊なベルにゃ。図書館内で人を呼ぶときに使うやつにゃ」

目を瞬いてベルをじっと見つめていたら、ミーアさんが苦笑しながら教えてくださいました。

すごい特殊ですね……。

「……君か」

ソファに座って待っていると、ヴァイスさんが本棚の奥から歩いてきました。

「おはようございます、ヴァイスさん」

「……おはよう」

「お時間いただけましたら、レベル10になりましたのでお話をお伺いしたいのですが……」

「……いいだろう。ミーア、相談室にいるから何かあったら声をかけてくれ」

「はいですにゃあ」

「ついてくるといい」

そう言って踵《きびす》を返したヴァイスさんを、ミーアさんに軽く頭を下げて慌てて追いかけます。

後をついていく間は無言です。中々に気まずいです……。

「入るといい」

そして相談室というプレートがかけられた部屋の前に着くと、ドアを開けて中に入るように促されました。

「し、失礼します」

恐る恐るお邪魔すると、そこは至ってシンプルなソファと机が置かれた部屋でした。

そこでヴァイスさんは備え付けの簡易キッチンで紅茶を淹れてくださいました。

「ありがとうございます……」

「……君に声を掛けたのは、転職先にも出たと思うが特殊ジョブに関係する」

「わたしにはまだ読めませんでしたが、特殊なウィザードへの道がある、と言うことですよね」

「そうだ。先に謝っておくが、図書館で君をみたときに君のステータスも視てしまった。すまない」

「あ、いえお気になさらず」

律儀な方ですね。他人のステータスを覗き見ることは、あまり良くないとSNSで他のプレイヤーが書き込んでたのは見たことがあります。

プレイヤーからみたら、【鑑定】するとわたしの頭の上には名前とレベルが表示されています。

任意でジョブも表示するか選べますが、わたしは表示させないようにしています。

ですが【看破】というスキルを持っていると、隠しているジョブやステータスまで覗けるようになってしまうそうなのです。対抗策として【隠蔽】というスキルがあります。

もらったポンチョについてましたね。部屋の中以外では着けておくことにしましょう。少し前に調べてそういうのあるんだなって思っていたところなのです。

「これから君に伝えることは、機密事項でもある。話を聞くなら他言無用で魔法契約もするが……ここまで聞いて、聞く気はあるか？」

き、機密事項……話が壮大になってきました。ですがここまで来て聞かないのは勿体無いです。聞いてもよいのなら、ぜひ聞かせていただきたいです。

「……はい、お聞かせいただければ」

「わかった。契約を結ぼう。そして話の前にこれを読んでくれ」

契約書を読んでサインをすると、その契約書はわたしとヴァイスさんの身体に光となって吸い込まれました。契約書の内容は要約すると、他言無用のため話そうとすると話せなくなるように縛る、というものでしたね。

そしてヴァイスさんは何もない空中に黒い渦を出現させ、手を入れて一冊の本を取り出しました。

「ただの禁書だ。気にするな」

気にしますよ！　禁書ってなんですか！　わたしは恐る恐る本を受け取ります。

表紙には『星詠みの一族に関する手記』と書かれていますね。

指先が震えそうですが、丁寧にページをめくることにします。

『星詠みの一族』

かつて、神々の座に近いと言われる霊峰マグナ・パラディススと呼ばれる場所に、星詠みの一族と呼ばれる集団が住んでいた。

彼らは獅子や牡牛などの動物たち、無限に湧き出る水瓶などを呼び出す力を持ち、星を詠むことで未来を占い、生活をしていた。

一族の中でも高い魔力を持つ乙女は〈星詠みの巫女〉として一族を統率し、星を詠み得た事象を神へと捧げ、災害などを事前に防ぐことを生業としていた。

一族は霊峰を下りることはなく、一生を霊峰で終えるため自分たち以外の人も国も知ることはない。

そんな中、霊峰に一人の人間が足を踏み入れた。

人間は当時栄えていた帝国の将であったが、病の家族の病気平癒を神に願うために霊峰へと足を踏み入れた。

霊峰は神の山。人間の立ち入りを許さず、凶悪なモンスターも出現することから、いつしか立ち入りは禁じられるようになった。帝国の将であった人間は霊峰の入り口で三日三晩どうか家族のために祈らせてくれと願い奉った。神の気まぐれで立ち入りは許され、頂上までたどり着けば願いを叶えてやろうという言葉に人間は覚悟を決めて足を踏み入れた。

その人間は迷い、疲弊し、幾度も傷を負った。それでも諦めることなく山の頂上を目指していたところ、山菜採りに出ていた星詠みの一族の者と出会った。

一族の者は傷だらけの人間を見て、一族が住まう場所へと連れ帰った。

自分達以外の人間を初めてみた一族の者は警戒したが、今にも死にそうな人間を放ってはおけず、人間を癒やした。

人間はお礼にと、自分が知る機密以外の、当たり前の生活内容や流行りのものを一族に伝えた。元々好奇心旺盛な星詠みの一族は、人間の話を興味津々にきいていたが、人間が病の家族が待っているから神々に祈りたい。このお礼は必ずする、と言って来た道を戻ろうとするので、巫女が作った霊薬を持たせた。

人間は何度も地面に頭を打ち付けるほど礼を伝え、絶対に他言しないと契約を結び、一族が呼び出した空飛ぶ牡羊に乗って山の麓へ送り返された。

人間が持ってきた霊薬によって家族の病は治り、人間は泣いて喜んだ。

しかしそれに皇帝が目を付けて、病を治すほどの薬をどこで手に入れたのかを尋問した。

人間は契約もあるが、病を治してもらったという絶大な恩があるため何をされても口を割らなかった。

家族を人質にされ、人間は苦渋の決断を迫られる。

しかし家族は、恩を仇で返すのはいけないと、その人間の目の前で自害した。

人間は怒り狂い、その場で首を落とされた。


人間が霊峰へと踏み入るのをみたという将の声で、皇帝は霊峰へと挙兵した。

武力と数を用いて歩みを進めた帝国兵たちは、星詠みの一族が住まう場所へと到達する。

巫女が何用か問うと、皇帝は病を治す薬について何か知らないかと問い返す。

巫女は知っていると答える。そしてこの間霊峰に足を踏み入れた人間はどうしたと問う。

皇帝は薬の入手場所を知らないというから殺したと言う。

家族諸共死んだと。

皇帝は巫女の発言で薬の在り処はここだと確信を得た。

死にたくなかったら薬を寄越せ、そして永劫帝国に仕えろと宣う皇帝に、星詠みの一族は怒りを顕にした。

天が割れ、炎を纏った巨石が降り注ぐ。

動物たちは帝国兵に襲いかかり、各地で爆発が起きる。

見たこともない黒い穴に魔法や人が吸い込まれるのをみた帝国兵は、化物共と叫び武力を用いて時間をかけて制圧した。

星詠みの一族が襲われていることに気付いた神々は、慌てて霊峰から帝国兵を追い出し、帝国を半壊させた。

神々はそう頻繁に地上に関われない。故に星詠みの一族の力を借りて世界の均衡を保っていたからだ。

神々は星詠みの巫女に声をかけるが、巫女は事切れる寸前だった。

巫女は星詠みの一族と他の人間たちに、そちらが手を出さなければこちらから手を出すことはないと周知してほしいと祈り、その命を終えた。

神々は星詠みの巫女の意図を酌み、各国へ神託を授けた。

必ず子々孫々へと語り継ぐように、と。

生き残った星詠みの一族たちは、各地へ散らばったそうだ。

今となっては星詠みの一族がいるのかどうかは定かではない。


我々は忘れてはならない。

先祖が犯した罪を。


——帝国第32代皇帝　アレクサンダー＝フェティリシア二世

「これは……」

「かつて、この世界で起きたことだ。数百年前にかの国は滅びたが」

「大きな力を持つものは、利用しようとするか、虐げられるか……」

この手のテーマは史実やゲームなどでたくさん取り上げられてきましたね。

その力を利用しようとする組織、利用されないようにひっそりと隠れ住んだりとあまり自由ではない気がします。

「……星詠みの一族の末裔《まつえい》はいる」

「！」

「星詠みの一族が扱うのは〈天体魔法〉と呼ばれるものだ。その力は汎用性《はんようせい》が高く大きな力を持つ。故に相互不可侵の契約を結び、戦争には手を貸さないが、大いなる共通の敵とは共に戦っている」

「大いなる、共通の敵……」

天体魔法……わたしの考えが間違いでなければ、そしてあの手記を読めば、それは強大な魔法であることはわかります。

「星詠みの一族は各国に所属しない特殊な立ち位置だ。だが依頼という形で各国は星詠みの一族の末裔である魔女とやり取りをしている」

「……や、厄介者扱いとかされてないですよね？」

「むしろ各国から見れば喉から手が出るほど欲しい存在だろうな。彼女は天体魔法の使い手だが、凄腕の宝石職人でもあるからな」

ここまで話を聞けば、さすがにわたしでもわかります。

おそらく？？？？？ウィザードと書かれた転職先は、この天体魔法の使い手になれるのでしょう。何故なのかはわかりませんが、ヴァイスさんはこの手記を読ませることで、色々な人達から利用されるかもしれないっていう注意喚起をしてくれたのでしょう。

「ここまで言えば察しはついているだろうが、天体魔法を扱うウィザードになる気はあるか」

「…………」

「天体魔法を扱うウィザードになれば、余程の愚か者か馬鹿でなければ君を狙うものはいないだろう。だがその力を借りたいと、あの手この手で君に近付くものは現れるだろう。……それでも君はこの転職先を選ぶか?」

それでもわたしは、星に関係あるものならば、選びたいと思います。

それで縦えこの先冒険が大変になるのだとしても、星に関係あることならば乗り越えてみせる。

星に関してだけは諦めたくないから。

「はい、選びます」

「……そうか。〈星の視線〉を持っているから、まあ断らないとは思っていたが」

「〈星の視線〉の事、ご存じなのですか?」

「詳しくは知らない。が、星に普通以上に知識と興味を持つ者が獲得する称号だとは聞いている」

ヴァイスさんは先程の手記をまた黒い穴にしまいながら、紅茶を口に含みます。

わたしも喉がいつの間にかカラカラだったので、紅茶をいただきます。

「……君、キャンプや料理は得意か」

「へ、……人並みにはやれますね」

「そうか……天体に関する知識はあるか」

「母がその手の仕事をしていますし、わたしも勉強してきたので、人並み以上にはあると思います」

「ふむ……」

なんか急に面接みたいな質問が始まりました。とりあえず素直に答えましたが。

「動物も苦手ではないな」

「はい」

「戦いは得意か」

「得意かと言われたら、わからないですね……避けるのはちょっとだけ得意ですが」

「……まぁいいだろう。今日は時間に余裕はあるか」

「はい。あ、でもお昼には一度自分の世界に戻ります」

「わかった」

ヴァイスさんはまた黒い穴に手を入れて、今度は一通の手紙を取り出しました。

「これを」

「お手紙、ですよね？」

「星詠みの魔女への紹介状だ。準備が出来ているなら、魔女が住む森まで送る」

「へっ⁉」

「天体魔法の使い手になるには、星詠みの魔女の試練を受けなければならないからな」

試練！　試練を突破しなければ転職出来ないって事ですよね……？

お昼まであと三時間くらいありますし、とりあえずその魔女とやらが住む森へと向かいましょう。

「えと、ヴァイスさん」

「なんだ」

「ヴァイスさんは、星詠みの一族とご関係があるんですよね？」

「……まぁ、そうだな」

「渡り人であるわたしがその魔法を覚えるのは、良いのでしょうか」

「構わないだろう。彼女も弟子を欲しがっていた。……それにリゼット氏の弟子でもある君なら、彼女も無下には出来ないだろうからな。多数の人間が覚えるのは推奨しないが、君は天体魔法を悪用する人物には見えない」

「し、しません！　絶対に！」

必死に訴えるわたしに、ヴァイスさんは微かに笑いました。冷たそうですが、ほんのり優しさがある方ですね。

「では彼女の住む森に送ろう。図書館の外で待っていてくれ」

「はい、お時間いただきありがとうございました」

◆◆◆

ミツキは深くお辞儀をして、相談室を後にした。

その背をヴァイスは見つめていた。

礼儀正しく素直な少女だ。

だが、あの話を読み聞いた上で、天体魔法使いになることを選ぶと言ったときの彼女の目は、強い決意に満ちていた。彼女なら大丈夫だろう。

真面目そうで、名持ちの住人とも縁を繋いでいる。

翠玉《エメラルド》薬師の弟子でもあるし、無茶なことはさせないだろう。

いい加減師匠《せんせい》からのお使いのような依頼から解放されたいんだこちらは。

師匠《せんせい》の弟子になるのであれば手を貸すとしよう。

生贄に差し出すようで悪いがね。

「報せだけ飛ばしておこう」

ヴァイスは魔法で鳥を生み出し、鳥に言葉を吹き込んで魔女の下へ飛ばす。

そしてミツキを送るために外へ足を運ぶのであった。

◆◆◆

ミーアさんにご挨拶して図書館の外で待っていると、ヴァイスさんが図書館から出てきました。

折角買ったのに忘れてしまったお菓子と紅茶セットを今渡してしまいましょう。

何故！　忘れてしまったのか！　どうして……。

「待たせてすまない」

「いえ、大丈夫です。……あの、美味しい紅茶をありがとうございました。これ、本当は最初にお渡ししたかったのですが……」

「……律儀な事だ。有難く受け取ろう」

ヴァイスさんは受け取ったものをまた黒い穴にしまいます。

それはヴァイスさん専用のアイテムボックスみたいな感じでしょうか？　でも禁書入れてましたよね？

「では森まで送ろう」

送る、とはどのように送ってくださるのでしょう。ルクレシアの近くに魔女が住む森は無さそうですし。ヴァイスさんは懐から懐中時計を取り出しました。そしてわたしには左手を差し出します。

「……申し訳ないが手を乗せてくれないか。触れていないと連れていけない」

「ひえっ……し、失礼します」

ヴァイスさんの左手に恐る恐る指先を乗せます。その様子をみてヴァイスさんは、軽くわたしの指先を握って懐中時計を開きます。

すると、一瞬の浮遊感と光に包まれて思わず目を瞑りました。

「……着いたぞ」

ヴァイスさんがゆっくり手を離し、声をかけてくれたので目を開けます。

「……森だ」

そこは鬱蒼《うっそう》とした森でした。かろうじて道っぽいものはありますが、人気は全く無いですしモンスターの気配も無いですね。

「少し待てば案内が来る。付いて行けば迷わず辿り着けるだろう」

「は、はい。送っていただいてありがとうございます」

「……試練とは名ばかりの簡単な実力テストだ。健闘を祈る」

ヴァイスさんは瞬きの間に姿を消しました。しゅ、瞬間移動ってやつでしょうか?

すごいです。

言われた通り案内とやらが来るのを待ちます。

ここはとても静かで、それが少し怖くもあります。

「……お嬢さんが小僧の言っていた渡り人か？」

「ぴっ」

目を瞑ってその場で深呼吸をしていると、背後から声が聞こえました。

慌てて振り返ると、そこには大きめの犬がいました。

「……？　何か付いているか？」

「い、いえ！　その、小僧？　と言うのがヴァイスさんでしたら、渡り人はわたしです。ミツキと申します。こちらお手紙です」

「ミツキと言うのか、よろしくな。……プロキオン、この手紙を婆さんのところに持っていけ」

「はーい！」

わっ気付きませんでした。大きめの犬の後ろに子犬もいました。手紙を受け取った子犬は、元気に駆け出して行きました。プロキオン、もしやこいぬ座の……？

「よしミツキ、ついてきな」

「は、はい！」

先導する犬の後をおっかなびっくりついていきます。

「渡り人がここに来るのは初めてだ」

「そうなのですか」

「魔女の婆さん、人との関わりが好きじゃないのさ」

「い、いきなりお邪魔してご迷惑でしたでしょうか……」

「迷惑だったら迎えなんて寄越さねえさ」

迷い無く前を向いてまっすぐ進む推定おおいぬ座の後をついて歩くこと十分程度。

鬱蒼とした森を抜けると、そこには小さな池、畑が広がり、そしてログハウスが立っていました。

とてもいい雰囲気です。わたしこういうの好きなんですよね。

「おーい婆さん！　連れてきたぞ！」

「ワタシを婆さんなんて呼ぶんじゃないよ！」

「ひょっ」

「シリウス、呼ぶならお婆様とお呼び」

「嫌だぜ」

シリウスさんがログハウスに向かって声を上げると、真後ろから女性の声が聞こえました。

慌てて振り返ります。

「アンタが小僧の言っていた渡り人だね？」

すっと伸びる背筋、シルバーグレーの髪をかき上げ、その身を包む黒衣はまるで挿絵に描かれる魔女のよう。年齢相応の皺が刻まれていますが、その目はとても強い意志をもってわたしを貫いています。自信が感じられる立ち姿、とてもかっこいい女性です。

「ヴァイスさんのご紹介で来ました。ミツキと申します」

名前を告げて最敬礼します。安易な言葉ですが、出来る女性！　って感じがしますね。

「ワタシは〈星詠みの魔女〉と呼ばれている魔女さ。小僧から話は聞いている。アンタを少し試させてもらう」

「は、はい。よろしくお願いします」

「そう気負わなくていい。至ってシンプルなものさ。付いてくるといい」

魔女さんはそう言ってわたしに背を向けて森を進みます。わたしは遅れないようについていきます。

試練とはどのようなものなのでしょうか。

ひとまず乗り越えられるように頑張りましょう。

わたしは決意を込めて、杖を取り出して握りしめました。

◆◆◆

小僧が連れてきた渡り人は至って普通の少女だった。

「さて、小僧からの手紙にはお嬢さんは薬師だとあった。まず必要な素材を集めてみろ」

「は、はい」

少女は頷くと、迷い無く魔力草を採取していく。

それらは紛れもなくポーション作製に最適な品質のものだけ摘み取っている。

……そこまで迷い無く素材を採取するということはなにか植物系素材等を見分けるスキルを持っているのだろう。

ふむ、それはいい能力だ。

……少女の身なりは整っている。

手に持つ杖はフラワープラントをソロ討伐して得るアイテムであるし、身にまとう装備はスカーレットの店の物だろう。ウォーホースのブーツは履き慣れているようにもみえる。

少なくとも最低限戦えるし、ルクレシアの住民とも縁を繋いでいるようである。

「ポーションを作ってみてくれ」

「はい」

伝えたことは素直に従うこともできる。少女は切り株をテーブルにしてポーションを作り始める。

ふむ、ポーション作りの手順は問題ないな。

他にも何個か作らせるが失敗もしていない。

そこはさすが翠玉薬師《エメラルド》の弟子と言ったところか。

「できました」

「よくやった。では次だ」

戦えなければ意味がないからな。どのくらい戦えるのかも見たい。

少女が低レベルのモンスターと戦うのを眺める。ウルフや角ウサギの攻撃をひらりと避けている。

【気配察知】は持っているようだね。

「ファイアーアロー！」

熟練度二段階目の魔法も覚えている。他にも水魔法や風魔法も二段階目までは成長している。

攻撃に積極的ではないが、弱点は狙うし上手く避けることもできる。

ジャイアントピグや暴れ牛との戦いも工夫しながら戦えている。

時折殴ったり蹴ったりしてモンスターと距離を取っている。

ふん、いいね。ワタシ好みの戦い方をする。人並みには戦えるようだね。

まぁ、まだまだだがね。

「料理は出来るのかい」

「人並みには作れます」

「何か一品、作ってみてくれ」

「……わかりました。何か身体に合わない食べ物とかはありますか？」

「いや、特にないね」

「わかりました。少しお時間いただきますね」

開けた場所で少女はキャンプセットを展開する。

なんだい、いいの持ってんじゃないかい。

「初めて使いました。魔女さんはそちらにお掛けになってお待ちください」

少女はアウトドアチェアへワタシを案内して、調理セットで料理を始める。

ふむ、結構迷いがないね。食材を洗うのにウォーターボールを使ってるのは面白い。

【掃除】のスキルは持っていないようだね。

だがそれは普段から料理や洗い物をやり慣れてる証拠でもある。随分と手際がいい。

しばらく待っていると、少女は皿を二つアウトドアテーブルに並べた。

「鶏のトマト煮込みとお気に入りのクロワッサンです」

「ありがとう。いただくよ」

お口に合えば良いのですが、と心配そうに目を伏せる少女に礼を言ってその鶏のトマト煮込みを口に運ぶ。

柔らかい鶏肉に玉ねぎとトマトソースが絡んで美味しい。

少しガーリックが利いた味付けは食欲をそそる。仕上げにかけられたバジルも風味を良くしている。これはコッコの肉だな。うまい。

これは食パンやガーリックトーストが合うね。酒のつまみにいい。

「ふむ、美味しい」

「あ、ありがとうございます！」

大きく息を吐く少女をみて、魔女は考える。見てる限りでは裏表ない素直な性格をしている。手際もいいし礼儀も弁えている。

「俺も食べたいんだが」

「わっ……魔女さん、シリウスさんは、人間が作ったものって食べられますか？」

「……ソイツは何でも食うから大丈夫だろう。分けてやってくれ」

「はい！　えと、シリウスさん、どのくらい召し上がりますか？」

「その皿に入るくらいでいいぜ」

久方ぶりの人の手料理にあの犬は尻尾振ってやがる。

……何かをする際には必ず上の者に確認し、猶且つ相手を尊重して話している。

少し優しすぎる気もするが、それも少女の良いところなんだろう。

翠玉薬師の弟子、スカーレットが低いレベルの少女に少し合わない性能の高い装備を着せる、ヴァイスの紹介……。

「アンタ、仲間はいないのかい」

「……いないですね。元々自分の趣味のためにこの世界に来たようなものなので。一人で旅する予定です」

「趣味？」

「はい、えと、天体観測です」

「ほう」

天体観測をするためにこの世界に渡ってくるとは。それは筋金入りだ。

そりゃ星も見つめる訳だ。

適性が有り過ぎる。ふ、面白い。

◆◆◆

言われたことをどうにかやり終えて、食事を口に運びながら考え事をしている魔女さんの様子を窺います。キャンプセットが思ったよりも簡単に展開できてよかったです。魔力を込めるだけでセットできるとは、便利！

それに、レシピを頭に叩き込んでおいて、良かった！　レシピ本の鶏肉料理のところ読んで覚えて助かりましたわたし！

使い終わった調理セットをウォーターボールで洗います。ウォーターボールすごく便利です。洗剤を使わなくても綺麗になります。

どんな仕組みなのでしょう。スポンジは雑貨屋さんで買ったのでウォーターボールの中でゴシゴシしてますけどね。

「お嬢さん、美味かったぜ」

「はい、お粗末さまでした」

シリウスさんは器用にお皿を咥えて持ってきてくれました。

……言葉を話す犬に慣れましたね。いや普通の犬では無いんですけどね。

「よし！　採用！」

魔女さん急に大きい声を出しました。わたしは面接試験を受けていましたか？

「まあそもそも小僧は見る目がある。その小僧が送り出すならそれは間違いないから弟子にする気ではいたが」

「そ、そうなのですか。ヴァイスさんは魔女さんの部下、なんでしょうか？」

「なんだ、言ってなかったのか小僧は」

魔女さんは呆れたようにため息をつきます。

「あの小僧は〈星詠みの魔女〉の弟子さ。アイツも天体魔法を使える」

「……ええええっ!?」

すごく詳しいと思っていましたが！　でも司書として働いていたような？

「司書さんだと思ってました……」

「小僧は本が好きだからな。今度兄弟子と呼んでやるといい、面白いから」

「は、はぁ……」

カラカラと笑う魔女さんに変な返事しか出来ないわたしです。採用いただけましたが、何をどうすれば良いのでしょう。

「と言う事で、アンタは今日からワタシの弟子にする。星に魅入られているなら天体魔法の素質があるからな。使い方を教えてやろう」

「あ、ありがとうございます！」

「渡り人がどんな風を吹かせてくれるか楽しみだ」

魔女さんはニヤリと笑いました。

「ワタシは〈星詠みの魔女〉エトワールだ。今日からよろしく頼むぞ、ミツキ」

「……はい！　よろしくお願いします、エトワール様！」

「お師匠様と呼びな！」

「は、はい！　お師匠様！」

アウトドアチェアに足を組んで座るエトワール様、もといお師匠様はまるで玉座に座る女王様のようで。とてもまぶしくかっこいいです。

－称号　星詠みの魔女の弟子を手に入れました－
特殊ジョブ：アストラルウィザードへの転職が可能になりました。
任意の転職先を選んでください。

あ、アストラルウィザード、とは？

「あの、お師匠様」

「なんだいミツキ」

「アストラルウィザードというものが、天体魔法を扱うジョブでしょうか？」

「ああ、そう言えば転職するために来たんだったね。そうさ、ワタシのジョブはアストラルウィザード。【天体魔法】【星魔法】を使い、【神秘《アルカナ》】を用いて星詠みをするのさ」

情報が……情報が多いです！　不甲斐《ふがい》ない弟子に詳しく教えてください！

「その辺の説明もしなきゃならんね。ワタシのログハウスに移動しようか」

「はい」

キャンプセットは触れれば収納するかどうか選べたので、収納を押すと小さな箱になりました。

この箱に魔力を流すとセットが展開されるのです。いい技術ですね！

「ワタシの手に掴まりな」

「は、はい」

お師匠様の手にわたしの手を乗せると、お師匠様は片手に懐中時計を持ちます。やはりあれが何かのアイテムなのですね。

そして一瞬の浮遊感と共に閉じた目を開けると、ログハウスの目の前に戻って来ていました。

「さ、入ろうか」

「はい、お邪魔します」

わたしはお師匠様のログハウスにお邪魔しました。

「ひえ」

なんかログハウスの見た目と中身の広さが違います。なんか部屋数も多いです。

「見た目と中身が随分と違う……」

「ハッ面白いこと言うねえ。これが魔法使いの家さ」

そしてリビングと思われる場所でソファに腰掛けます。ふわふわ！　すごくふわふわです！

ふわふわでふかふか……素晴らしい……手触りを楽しんでいるとお師匠様が紅茶とケーキを置いてくれました。

「料理の礼さ。ごちそうさま、美味かったよ」

「あ、ありがとうございます。お口に合って良かったです」

「さてゆっくり話そうかね」

お師匠様は紅茶をゆったりとした動作で飲むと、きれいな所作で戻します。

それらも見て覚えましょう。

「さて、アストラルウィザードについてだったね。アストラルウィザードはさっきも言ったが【天体魔法】、【星魔法】、【神秘《アルカナ》】を使うことが出来るウィザードさ」

「全部聞いたことないですね……」

「そりゃどこにもこの魔法に関するものは置いてないからね。図書館にあるのは童話ばかりさ」

この世界で星について図書館で調べるなんてことさっぱり抜けていましたからね。

なまじ知識を持っていると後回しにしてしまって駄目ですね。反省します。

「【天体魔法】はその名の通り、宇宙に存在して観測できる物体、または理論的に存在が考えられて研究対象になる物体を魔法として扱うものだね。簡単に言えば宇宙空間に存在する物体のことさ」

「それは、惑星や彗星、銀河やブラックホールと言ったものもある、ということですか？」

「そうさね。使い手が未熟なうちはそう大した威力にはならないが、ワタシなんかが使うとそりゃもう災厄クラスさ」

「さ、災厄クラス……」

ま、まぁそうですよね。超新星爆発とかブラックホールとか絶対ヤバいやつですもん。

更地どころか地面も抉れそうです。環境破壊です。

「そこは今後魔力のコントロールを体得してもらうとして、何もない場所で練習だね」

「は、はい」

「ミツキは知識があると聞いた。思い浮かべているものが魔法として使えると思っていい。だが炎魔法などの魔法と異なりＭＰの消費が大きいのさ。今のミツキのＭＰだと足らないだろうよ」

えっそれはＭＰ全部消費して発動するタイプの魔法でしょうか？　炎魔法四十回くらいは撃てるようになりましたがまだ足らないのですね……それは安易に使えません。

「せめて種族レベルがあと10は上がると一回撃てるようになる程度だろう」

「10も上げないといけないんですね……」

「そこは地道にやるしかないね。レベリング連れ回してもいいんだが」

「……実力が伴わないのにレベルだけ上げるのは……」

「……まぁそれが必要になることもある。レベル制限のあるダンジョンもあるからね。まぁ必要になったら積極的にレベルを上げることを勧めるよ」

レベル制限のあるダンジョン……経験値とお宝の気配がしますね。レベル上げもしないとですね。

一人で戦うのは時間がかかりますし。兄でも引っ張りましょうか……。

出会った人をフレンドにナンパするか……いやわたしには無理です。勢いでなら言えるかもしれませんが断られたら泣きます。

「【天体魔法】はＭＰ消費と威力が高い魔法ってことさね。それだけ覚えてくれればいいさ今はね」

「はい、わかりました」

「次は【星魔法】だね。【星魔法】は種類が多く汎用性がある。戦闘向け、日常生活向け、なんなら滅多に喚ばないものだってある。いわゆる召喚魔法の亜種だね」

「召喚魔法……どのような魔法なのでしょう」

「ミツキの世界にも星座はあるかい？」

「はい、神話とセットであります」

「この世界にも星座はある。八十八星座なのも同じかね」

「はい！　わたしの世界も八十八星座あります。……まさか」

「【星魔法】は八十八種類ある」

「やはり！」

　多すぎますね！　百種類以上ある星座を八十八個までおさめた八十八星座、その数だけ魔法があるのはむしろよく作りましたねこのゲーム。

　ですが確かに考えると八十八星座は動物やら人やら物やらたくさんあります。どんな場面で使えるんだろうと考えるものも多いですね。

「例えば、ぎょしゃ座はどのような魔法になるのでしょう？」

「ぎょしゃ座《カペラ》は、馬車を所有していたら喚び出せば御者をやってくれる」

「御者……戦闘向けではないですね」

「御者だからね」

「……りゅうこつ座はやはり船に関する魔法ですか？」

「りゅうこつ座《カノープス》はその通り竜骨だからな。船に憑依させれば竜骨が壊れないようになるな」

な、なるほど。ほぼ名前の通りの性能なのですね。

汎用的というか、限局的というか。確かに喚べるものと喚べないものがあります。

「おおいぬ座《シリウス》とこいぬ座《プロキオン》は猟犬だからね。すぐ逃げる希少性の高いモンスターを逃さないし囮もできる。みずがめ座《サダルスウド》はいつでもどこでも水を出せる」

「割とそのまま単純な性能ですね……」

「これぱかりは喚んでどんな性能か確かめてもらうしかないね。種類は多いが用途が限られる」

選り取りみどりは迷っちゃいますよね……。

聞いていると呼び方は一等星もしくは星座を構成する星の中で一番明るい星の名前がついているみたいですね。覚えました。

確かにどんな場面で活躍するか、考えねばならないですね。

それを考えるのも楽しいですが！　時間があるときに性能を見てみましょう。

「【星魔法】はそんな感じだね。大丈夫かい？」

「星座を喚び出す、召喚魔法が【星魔法】。戦闘向きでもあり、日常生活向きでもあり、タイミングが合わないと喚んでも意味がない場合もある、ということですね……」

「そうさ。覚えておいてやってくれ」

八十八星座は覚えているので問題ないですが、今一度神話とか学び直しておきましょうかね。

通学時間はそれに充てましょう。

「さて最後に【神秘《アルカナ》】だが、アルカナって聞いたことあるかい？」

「タロットカードとかでよく聞きますね……」

「そちらにもタロットカードはあるんだね。この魔法は主に大アルカナのタロットカードを使って発動させるものさ」

タロットカード！　昔興味を持って調べたことがありますが挫折した覚えがありますね。

正位置とか逆位置とかあると聞きましたが、それもあるんでしょうか。覚えられません……。

「この【神秘《アルカナ》】は一日に一回しか使えない。ワタシが星詠みに使っているのは【世界《ザ・ワールド》】のアルカナさ。【世界《ザ・ワールド》】のアルカナ以外は全てバフ、デバフとして使うことができる。あ、正位置だけさ」

「なるほど、【神秘《アルカナ》】は支援系の魔法なのですね」

「そうさね。例えば、【魔術師《ザ・マジシャン》】のアルカナ。これはウィザードに対してバフを与えることができる。魔攻や魔防だけ大きくバフをかけることが出来るって感じだね」

一日に一回使える大きな支援、ということですね。一日一回とはいえ、大変便利な支援ですね。

……便利すぎるがゆえに、目をつけられてしまったんでしょう。

「【世界《ザ・ワールド》】のアルカナは熟練度がＭＡＸになったら使えるようになる。その時に、使い方は教えよう」

「……はい、よろしくお願いします」

現実に戻ったら大アルカナについても詳しく学んでおきましょう。

このアストラルウィザードとなって覚える魔法は、軽い気持ちで使っていい魔法ではないですね。

気を引き締めて、学んでいきましょう。

「さて、こんなもんかね」

「お話、ありがとうございます」

「これからよろしく頼むぞ」

「はい、気を引き締めて学ばせていただきます！」

「堅い堅い。もっと楽しんで行きなね」

お師匠様のご用意してくれた紅茶とケーキをいただきます。

苺のショートケーキですね。ホイップクリームがさっぱりしてて美味しいです。

あ、お昼の時間になります。少しだけお暇させていただきたいですね。

「お師匠様、少しだけ自分の世界に戻っても良いですか？」

「渡り人は時折自分の世界に戻らねばならんのだろう？　気にせず戻るといい。あ、ゲストルームを使いな」

お師匠様はわたしをゲストルームとやらに案内してくれました。白黒で落ち着いたお部屋ですね。ホテルのルームみたいな感じで素敵です。こ、これがゲストルームですか……。

「戻ったら声をかけておくれ」

「はい。ありがとうございます」

手を振ってお師匠様はお部屋を出ていきます。

わたしはベッドに腰掛けて聞いた話を忘れないように反芻します。天体と八十八星座とアルカナについて学び直すことにします。

ひとまずお昼のためログアウトしましょう。ログインしたら転職です！


ログインしました。お昼ご飯は青椒肉絲《チンジャオロース》でした。

中華ってご飯と合いますよね……明日は回鍋肉《ホイコーロー》にしましょう。

ひとまずお腹を満たしておきます。唐揚げ一つ食べておきました。


お師匠様に一声かけて、転職しましょう！

「お師匠様、戻りました」

「ああ、ソファに座りな」

お師匠様は眼鏡をかけて本を読んでいました。言われた通りソファに座ります。

「そう言えば転職してないんだろう？　今のうちにゆっくりやっときな」

「はい！」

お言葉に甘えて操作させていただきましょう。ステータスを開いて、と。

メインジョブを選択します。すると転職先が出てきます。

先程見た通り、ウィザードと特殊な分岐のアストラルウィザードです。

もちろんここはアストラルウィザードを選びます。

アストラルウィザード
天体の知識を持つ者のみが就くことができるジョブ。
魔攻と幸運に補正がかかる。
【天体魔法】【星魔法】【神秘《アルカナ》】を取得する。

幸運にも補正が付くのですね。……今後少し意識して幸運を伸ばすことにしましょうか。
よし、転職します！

ミツキ　Ｌｖ．10
ヒューマン
メインジョブ：アストラルウィザード　Ｌｖ．１／サブ：薬師　Ｌｖ．１

ステータス
攻撃21（＋５）　防御24（＋10）　魔攻42＋５（＋10）
魔防25（＋10）　敏捷30（＋15）　幸運23＋５

わぁ、魔攻が一際伸びてます。これは魔法の威力に期待ですね！
あとはＳＰが13もありますので、何かスキルを取りましょうか。お師匠様に相談しましょう。

「お師匠様、終わりました」

「ああ。転職おめでとう」

「ありがとうございます！……何かオススメのスキルとかありますか？」

「ふむ、スキルねぇ……」

お師匠様は顎に手を当てて目を閉じます。少し待つと、お師匠様は目を開けました。

「ミツキの今持っているスキルを教えてくれ」

「はい」

わたしの持つスキルを伝えました。

「ミツキの役に立つのは【看破】、【波動】あと【清潔】とかがあれば冒険に役立つんじゃないかね」

「ちょっと見てみます」

えっと、獲得可能なスキルをスクロールして、……あ、ありました。


【看破】擬態や嘘を見破ることができる。

【波動】空間の波を読み取り、生物の感情を読み取る。

【清潔】汚れがなく綺麗な状態にする。


どれも3ポイントずつなので取得は出来そうです。

【波動】と言うのは初めて聞きましたね。とりあえず全て取得します。

「【波動】とはどのようなスキルなのでしょうか。説明読んでも理解が難しいです」

「簡単に言えば喜怒哀楽を感じることが出来るスキルだね。相手がこちらに悪意を持っていると嫌に感じる。それで仲良くする相手を選ぶことだね」

「な、なるほど……」

アストラルウィザードとして利用されないように、気を付けましょう。

お師匠様の名前に傷つけてはいけませんしね……ちょっとプレッシャー感じてきました。

「この後は何か予定はあるかい？」

「いえ、覚えた魔法がどのようなものなのか調べたいと思ってます。あ、あと町への戻り方とか知りたいです。宿も取らないとですし」

「宿ならそこのゲストルームを使っても構わないよ。弟子だからね、それにわからないことはすぐワタシに聞ける方がいいだろう？」

「わたし平日、えっと五日間くらいは夜しか来られなくなりますし、不定期な訪れになるかもしれないのですが、よろしいのですか？」

「構わないよ。渡り人は異なる世界から渡ってくる、というのは知っているからね。その辺りは気にしなくていいのさ」

「そ、それではよろしくお願いします。手伝えることがあったらなんなりとお申し付けくださいね」

「その時はこき使わせてもらうよ」

お師匠様はニヤリと悪いお顔を浮かべました。おや、これはなんかたくさんお仕事を言い付けられそうな気配がしますね。

「移動には関してはこれを使いな」

「わっ」

お師匠様が何かこちらに投げてきました。

受け止めると、それは懐中時計でした。星と月の意匠が施された銀の懐中時計です。

「それに魔力を流せば行ったことある場所に飛ぶことができる。【瞬間移動】が刻まれた魔法道具さ」

「これは、ヴァイスさんやお師匠様が使っていたものと同じものですか？」

「そうさ。無くさないように」

「は、はい！」

アイテムボックスに隠し持っておきましょう。

「定期的に依頼をさせてもらうから、覚えた魔法を使ってこなすように」

「はい」

「それまではその魔法と向き合いながらギルドの依頼もこなすといい。数が多いから、使って確かめてみなさい」

「はい、わかりました」

【星魔法】が八十八種類で【神秘《アルカナ》】は二十二種類もありますからね……どれがどのようなものなのか、依頼を熟しながら確認するとしましょう！　【神秘《アルカナ》】は一日一回しか使えませんけどね……。

今日はルクレシアに戻ってリゼットさんやカレンさん、スカーレットさんたちやヴァイスさんに挨拶しに行きましょう。

「ひとまずルクレシアでお世話になった人に転職した挨拶をしてきます！」

「世話になったならいい心掛けさ。行ってくるといい」

「はい、いってきます！」

「リゼットによろしく頼む」

お師匠様は片手をひらりと振ると本に目線を戻します。一度頭を下げて、お師匠様の家の外に出ます。

「……お、ミツキ。もう行くのか」

「シリウスさん」

芝生で寝そべっていたシリウスさんから声をかけられました。

「婆さんと似たような気配がするな。ミツキも婆さんと同じ魔法使いになったんだな」

「はい、弟子にしていただきました」

「そのうち俺も喚んでやってくれよな。俺とは違う個体だがな」

「違う個体、ですか？」

「本体から分かたれた存在、ってことだな。本体が喚び出される訳ではないからな」

「そ、そうなのですか」

少し話が難しくなってきました。それは某魔法使いに出てくる分霊みたいなイメージなんですかね。とりあえずわたしが呼び出すシリウスさんは目の前のシリウスさんとは別個体、ということだけ覚えておきます。

「なんとなくわかりました」

「おう」

また寝そべって目を閉じるシリウスさんに挨拶して、懐中時計を手に持ち魔力を流します。

―行先を選んでください―
ルクレシア
魔花の花園

あ、魔花の花園はずっとセーフティエリアなのですね。あとで行きましょう。キャンプするのに最適なんですよね。

今はルクレシアに向かいましょう！　ルクレシアを選ぶと、浮遊感と光に包まれました。


目を開けるとルクレシアの石碑広場でした。とっても便利です。

懐中時計をアイテムボックスに仕舞って、お礼の品を買えそうなお店を探します。

リゼットさんやカレンさん、スカーレットさん、クレハさんのおかげで転職できたようなものなので日頃の感謝も込めて何か渡しましょう。

行ったことのない方向へ歩いてみましょうかね。たしか北のエリアは向かったことないです。

行ってみましょう！

北のエリアは食べ物屋が多いですね。専門店のような雰囲気です。

ハッあのお店は！

『米』の一文字だけ書かれています！　よし行きましょう。

ユアストに驚かされてばかりです。雑穀米が売っていました。思わず二度見しました。

五穀米を一袋（五キログラム）買いました。普通に白米も十キログラム買いましたが？　後で炊きますよ！

ハッお礼の品を探すのでした。探しましょう。

ケーキ屋を見つけました。大きな苺を使ったタルトが目に入ったので、それにします。

箱に小分けにしてもらって、アイテムボックスに仕舞います。

よし、ひとまずスカーレットさんのところにお邪魔しましょう。一番近そうです。

ブティック『スカーレット』にたどり着きました。

扉を開けて中を覗き込むと、カレンさんとスカーレットさん、クレハさんが布を前に何か話しています。

出直そうか一瞬考えを巡らせたとき、クレハさんがこちらを向きました。

「おや、ミツキさんじゃないか。こちらへおいで」

「今少しだけ大丈夫ですか？」

「少しと言わずいくらでも大丈夫さ」

流れるように近付いて流れるようにエスコートされました。驚きです。

「やあミツキさん」

「こんにちは。スカーレットさん、カレンさん。クレハさんも」

「何か装備で不具合でもあったのか？」

カレンさんが装備を見下ろしてそう言いますが、わたしは首を横に振ります。

「いえ、今日は転職しましたのでそのお礼にこちらを」

アイテムボックスから買ったタルトを渡します。

「アタシにもか？　ありがとう」

「日頃のお礼も兼ねてますので！」

「わぁタルトだ。俺好きなんだよね」

「しかも真っ赤な苺だ。ありがとうミツキさん、嬉しいよ」

三人とも受け取ってもらえました。良かったです。

「あー、彼女は元気そうだったか？」

「お師匠様、エトワールさんのことでしたらとてもお元気そうでしたよ」

「そうか、良かった」

「俺達に何か言ってた？」

「いえ、特には……お師匠様とお知り合いですか？」

スカーレットさんは頷きつつ、大きくため息をつきました。

「彼女には良くお世話になっていてね。……良かった……何もなくて良かった……」

皆さんお師匠様と何かあったんでしょうか？　怖くて聞けませんけれども。

「まぁ、これから頑張れよミツキ」

「はい、カレンさんありがとうございます」

「装備に関して何かあったら遠慮なく来てね」

「新しい依頼でも構わないよ」

「スカーレットさん、クレハさんもありがとうございます」

「これからもよろしくお願いします！」

三人に手を振ってブティックを後にします。

リゼットさんのところにも向かいましょう！　苺のタルトを気に入ってもらえればよいのですが……。


「リゼットさんこんにちは」

「あら、ミツキさん。こんにちは」

「今少しだけお邪魔していいでしょうか」

「全然構わないわよ」

お言葉に甘えてお店にお邪魔します。

「この度皆様のおかげで転職できましたので、お礼を兼ねてこちらをお届けしております」

「まぁ私も？」

「たくさんお世話になっておりますので！」

「有難くいただくわね」

「そして、エトワールさんがリゼットさんによろしく、と」

「あら、まぁ」

受け取ったタルトをカウンターに置いて、リゼットさんは目を丸くします。

「なるほどねぇ……これは面白いわ」

「面白い、ですか？」

「あの人、結構孤高の存在みたいな振る舞いをしているのよ。だからあまり人と関わらなくてね。誰かによろしく、なんて初めて聞いたわ」

クスクス笑うリゼットさん。何やら楽しそうです。

「元気そうで何よりだわ。……ミツキさんには依頼をしても良いかしら？」

「なんなりと！」

「ハイポーションとハイMPポーションを五十本、納品してね。期限はゆっくりでいいわ」

「はい、かしこまりました」

それ用の素材を集めなければなりませんね。確か依頼があったはずなのでそれを受けながら探してみましょうかね。このあと時間ありますし。

ポーションはたくさんあるのでハイMPポーションを買わせていただきましょう。

「ハイMPポーションを五本買いますね」

「わかったわ」

一本1000リルなので5000リル支払います。効果が高いのに適正価格なのはリゼットさんの優しさでしょうか。ハイMPポーションをアイテムボックスに仕舞って、リゼットさんに挨拶してお店を出ます。

今は十四時頃です。ギルドで依頼を受けておきましょう。

ルクレシアは始まりの町でもありますが、拠点にしている方も多いのでギルドはいつ来ても人が多いですね。

依頼ボードを覗き込みます。

妖精の雫と月光草の依頼はありますが、星の砂の依頼は無さそうですね……妖精の雫と月光草の依頼書を持っていきましょう。

妖精の雫は森の奥深くに咲いている妖精花と呼ばれる花の蜜のことを呼ぶそうですね。

月光草は月明かりを浴びて育つ特別な草なのだとか。故に採取は夜限定だそうです。

懐中時計のおかげで夜活動してもお師匠様の所に戻れますし、なんなら魔花の花園でキャンプもできます。安心ですね。

依頼書を持ってカウンターへ向かいます。人がいるだけでカウンターはすいてました。

「あ、今日はリルファさんが依頼カウンターにいらっしゃるんですね」

「あら、ミツキ様こんにちは。今日は私が承りますね。いつも妹がお世話になっております」

新たな発見です。リルファさんが姉でサイファさんが妹でした。覚えておきましょう。

「はい、リルファが承りました。期限は一週間になりますね」

「わかりました。……リルファさん星の砂って素材知ってます？」

「星の砂、ですか……素材としては存じておりますがどこで入手出来るかは申し訳ございません。私は知らないですね」

リルファさんは少し考え込む素振りを見せますが、首を横に振ります。

そうですか……やはり砂浜とかでしょうか……。

「あ、詳しくは知りませんが、渡り人さんは確かレベルが10になるとオークションに参加できると聞きました。そちらを覗いてみるのも良いのでは？」

「オークション……」

ハッ確かレベル10になるとスクショやオークションが解禁されるのでしたね。そちらを確かめてみましょう。

「ありがとうございますリルファさん！」

「いえ、お役に立てたなら何よりです」

リルファさんに別れを告げてギルドから出ます。道の端に寄ってメニューを見てみます。

あ、ありました。オークションのボタンです。ひとまず押してみます。

わっウィンドウが出てきました。欲しいアイテム名を打ち込むと、出品されてるものが表示される仕組みみたいですね。

とりあえず星の砂、と入力します。……わぁ、たくさん出てきますね。

星の砂百個セットとか普通に売ってますね……10万リルしますけど。

うぐぬ……いやまずは五十個、五十個だけ今用意出来ればいいのです。後で採取できる場所を調べましょう。

五十個セット即決5万リル……ギルドに戻ってお金おろしてきました。

ここは確実に入手できるなら即決しましょう。

ポチりました！　もう少ししたらプレゼントボックスに届くそうです。

今後はなるべく自分でゆっくり集めようと思います。

それが冒険の醍醐味ですからね！　今回は依頼なのでちょっとオークションを利用させていただきました。

直ぐにほしい！　って言うときに利用させてもらうことにしましょう。

……何故か貴方へのオススメ！　で爆弾とか表示されてますしね。何故？

モンスターを倒すためにオススメ！　爆弾！

って書かれてますね。買いません。……まぁ少しは気になりますけどね。

よし、依頼のために森へ行きましょう。【神秘《アルカナ》】も使ってみたいですしね！　わたしは小走りで門へと走ります。目指せ妖精花の育つ森へ、です！

門を抜けて森へと走ります。ある程度人気が無くなったところで【神秘《アルカナ》】を試してみましょう。

えっとまずは【神秘《アルカナ》】についてですね。

【神秘《アルカナ》】

0－21の番号が振られたカードを召喚する。

その効果はカードによって異なる。

リキャストタイムは24時間。

【0：愚者《ザ・フール》】

【1：魔術師《ザ・マジシャン》】

【2：女教皇《ザ・ハイプリーステス》】

【3：女帝《ジ・エンプレス》】

【4：皇帝《ジ・エンペラー》】

【5：教皇《ザ・ハイエロファント》】

【6：恋人《ザ・ラヴァーズ》】

【7：戦車《ザ・チャリオット》】

【8：力《ストレングス》】

【9：隠者《ザ・ハーミット》】

【10：運命の輪《ホイール・オブ・フォーチュン》】

【11：正義《ジャスティス》】

【12：吊るされた男《ザ・ハングドマン》】

【13：死神《デス》】
【14：節制《テンペランス》】
【15：悪魔《ザ・デビル》】
【16：塔《ザ・タワー》】
【17：星《ザ・スター》】
【18：月《ザ・ムーン》】
【19：太陽《ザ・サン》】
【20：審判《ジャッジメント》】
【21：世界《ザ・ワールド》】

おお、カードの一覧です。タロットカードでうっすら見たことがありますね。
文字だけだと効果はわからないのですが、詳細もないんですよね……。
ひとまず【1：魔術師《ザ・マジシャン》】を試してみましょうかね。
これはお師匠様が魔攻や魔防にバフかけてくれる、と言っていましたし。

「【1：魔術師《ザ・マジシャン》】」

ひとまず両手を前に出してそう唱えると、一枚のカードが出現しました。

棒を掲げた魔術師の絵柄が描かれたカードです。カードは、光となってわたしに吸い込まれました。

……特に身体に変化はありませんね。ステータスを見てみましょう。

ミツキ　Ｌｖ．10
ヒューマン
メインジョブ：アストラルウィザード　Ｌｖ．１／サブ：薬師　Ｌｖ．１

ステータス
攻撃21（＋５）　防御24（＋10）　魔攻62（＋10）【＋20】
魔防45（＋10）【＋20】　敏捷30（＋15）　幸運23

【神秘《アルカナ》】効果時間　残り１１９分

「わ、わあ……」

魔攻が見たことない数字になってます。こ、これは……すごいですね。

効果時間は二時間程度しかありませんが、これは熟練度を上げていけば伸びるのでしょうか。

森まで行くのに魔法の威力を試してみましょう。リキャストタイムが二十四時間なので、こればかりは毎日使えるように頑張りましょう。

お、恐ろしい……ウルフやスライムたちは魔法一発で消えていきます。

出会ったコッコや暴れ牛たちも二発で倒すことができます。素材回収が捗りますね！

肉もたくさん手に入ります。やはりステータスって大切なんですね。

森にたどり着きました。魔力草や魔力キノコの状態の良いものを回収しながら、森の奥へ向かいます。森の奥へと進んでいくと、昼間でも薄暗くなります。

風に揺れる木の葉が重なり合う音が響き、動物の鳴き声などの気配がないので、少し怖いですね。

というか道、合っているのでしょうか。森の奥深くに咲くらしい妖精花。

奥深くとはどこまで進めば……森も段々獣道みたいになってきましたし。

これ本当にギルドランクが低い人向けの依頼ですよね？

これまでモンスターと出会わないので、ランクが低い依頼、ということでしょうか。

花、ということなので地面に近い場所や木の幹などをみて歩いていると、ちらほらと花が咲いています。

「わぁ綺麗な花」

というかこれネモフィラそっくりです。

真っ青なネモフィラに似た花はまるで案内してくれるようにポツポツと間隔を空けて咲いていきます。ひとまずそれについていくこととします。

ネモフィラっぽい花の咲く通りに森の中を進むと、一筋だけ陽の光が差し込んだ少しだけ開けた空間に出ました。
そこには、一輪の大輪の花が咲いていました。
その花に見惚れていると、どこからかクスクスと小さな笑い声が聞こえます。
『クスクス……ヒトだね』
『そうだね、ヒトだね』
「わっ」
姿は見えないけれど、何かがいる気配は感じます。
「み、ミツキと申します。妖精の雫をいただきにきました」
『ふーん』
『勝手に持っていけば？　ヒトはみなそうするもの』
『私達は育てているだけだもの。どう使おうと知ったことではないもの』
『クスクス……』
なんというか、無邪気な狂気を感じるような……！
妖精、でしょうか？　ちょっと恐ろしいですが、妖精の雫をもらおうと思います。
そういえば依頼には何本と、書いていませんでした。納品は一本で良いのでしょうか。
ひとまずポーション瓶を【清潔】で綺麗にして代用しましょう。
妖精花に近付くと、花の中心部分に蜜が溜まっているのを見つけます。
ですが、少しだけ萎びているような……。

妖精花：妖精が気まぐれで育てる花。その花の蜜は妖精の雫と呼ばれ回復力を高める素材となる。水分不足状態であるため蜜の効果は薄れている。

わっ水分不足みたいです。気まぐれ、で育てているようなので特に妖精は気にして無かったのか、これは水をあげた方が良さそうです。

「えと、妖精さん。この花、水分が足りないみたいなのですが、水をあげても良いでしょうか」

『ふーん』

『好きにしたら』

『でもあげるなら特別な水がいいわ』

『普通の水じゃ育たないものね』

『クスクス』

『クスクス』

と、特別な水……この間の精霊池の水は依頼分しかいただいてませんし、ウォーターボールの水は特別な水ではありません。

周りを見渡しても水場は無さそうですし、妖精さん達がどこから水を調達しているかもわかりません。教えてもくれない気がします。

特別な水……みずがめ座《サダルスウド》の水はどうでしょう。すごく、特別だと思います。

ステータスを開いて【星魔法】の欄を確認します。

【星魔法】八十八星座を召喚する。
召喚効果は星座によって異なる。

その説明の下に、星座の名前がずらっと並んでいます。ふむ、わたしの世界の星座と名前は同じですね。

「〈みずがめ座《サダルスウド》〉」

唱えると、魔法陣が地面に浮かんで中から水瓶を持った少年が出てきました。こちらをみてにこりと笑います。

「あの花に水をあげたいので、水をいただきますね」

少年はこくりと頷いて、こちらに水瓶を差し出します。

わたしは残念ながらジョウロを持っていなかったので、コップで水瓶から水を汲みました。

「ありがとうございます」

みずがめ座《サダルスウド》の水：星の力を秘める水。最高級品。料理にも素材にも使える優れもの。

「はわぁ」

最高級品。水の、最高級品。……これは特別ですね！

コップの水を花の根元の地面にまきます。確か水分あげすぎるのも良くないんでしたっけ。足りたでしょうか。

すると花が一瞬光に包まれたかと思うと、次の瞬間にはとても瑞々しくなりました。

妖精花：妖精が気まぐれで育てる花。その花の蜜は妖精の雫と呼ばれ回復力を高める素材となる。絶好調。蜜の効果は最大まで高まっている。

……絶好調になったみたいです。よし、蜜をもらいましょう。

ポーション瓶五本分の蜜をもらいました。お礼にもう一回だけ水をまきます。

妖精の雫：妖精花の蜜。回復力を高める素材。効果は最高まで引き出されている。

鑑定してみると、効果が最高だそうです。

これは良いハイポーションの材料になるでしょう。

みずがめ座《サダルスウド》にお礼を告げたらスーッと消えました。これは還った、ということでしょうか。

「ありがとうございました」

何もない空間に頭を下げて、来た道を戻ります。

『なぁんだ』

『特別な水を持っていたのね』

『残念ね』

『クスクス』

なにが！　残念なのでしょう！　無邪気が怖いです！

わたしは少し早歩きで森の出口へ向かいました。

何事もなく森から出ました。妖精さんはちょっとだけ怖いですね。

依頼分足りれば良いのですが。ひとまず町に戻って、ギルドで聞いてみましょう。

町まで魔法でモンスターを倒しながら戻ってきました。

レベルは上がりませんでしたが、素材はそこそこ集まってます。

未だにウルフの素材やスライムの素材は何に使うかわかりません。今後何かに使うでしょうか。

「リルファさん、妖精の雫の納品なんですが」

「はい、どうされましたかミツキ様」

「ポーション瓶で代用したのですが、納品は一本でよろしいのでしょうか？」

「はい、採れる量に限りがありますので、一本で大丈夫です。そちらを小分けにしますので」

「では、納品します」

……五本もらってきてしまいましたが一本で良かったみたいです。

ハイポーションに使いましょう。

－採集依頼を達成しました－

採集依頼達成報酬として５０００リル手に入れました。

よし、では次は月光草ですね。夜に咲くとのことなので次は夜にログインしましょう。ギルドから町の外へ出て、魔花の花園へ飛びます。いつ来ても綺麗な場所ですね。花が煌めいています。一旦ログアウトしましょう！

ご飯とお風呂と明日の学校の準備をして、ログインしました。夜闇に、月明かりを浴びて輝く花が綺麗で神秘的です。

プレゼントボックスに入っていた星の砂をアイテムボックスにしまいます。不思議な仕組みですよねぇ……あ、オークションは匿名設定にしているので誰が何を買った、と言うのは自身にしかわからないようになっています。

ログアウトしてた間にスクショの撮り方も調べてきたので、この光景をスクショしましょう。確か、手で景色を四角く切り取るポーズをすればスクショできるんでしたね。

よくある親指と人差し指を伸ばしてやるポーズですね。

地面に寝そべって低い視点から花園と森と星空をポーズの中に収めます。

周りから見たら変な人ですね。

―スクリーンショットを外部端末に転送しました―

よし、完了です。ふへへ、兄に送りつけましょう。

砂埃を払って、自分に【清潔】をかけます。塩クロワッサンを食べて、準備完了です。

では月光草を探しに行きましょう。と言っても、月明かりが当たる森の中に生えてるらしいので

このまま森の中を探索しましょう。

魔力草や魔力キノコ、ハーブなどを採取しながら歩いていると、森の中に月明かりが差し込むよ

うになりました。木々の間隔がちょっと広いみたいです。木漏れ日も好きですが月明かりが差し込

む森の中も美しいですね。ぱっちりスクショしました。

そして木の根元の月明かりが当たる場所に、青白く発光する草が生えています。

も、もしや！

月光草：月明かりを受けて育つ特殊な草。月明かりを魔力に変換して蓄える性質を持つためハイ

MPポーションなどの素材となる。十分魔力を溜め込んでいる。これ以上溜め込むと枯れる。

枯れる!?　ちょっと採取させていただきましょう。

採取すると発光はなくなりました。ですが月光草として成り立っています。不思議ですね。

わたしはひたすら発光する月光草を探して森の中を探索しました。

たまに発光する月光草と森をスクショしながら探索すること一時間。

確か依頼の月光草は十束納品で良かったはずなので、納品分とハイMPポーション分の月光草は集まりました。あと余分に自分で作る用に採取もしました。

これで良いでしょう！

森の中でモンスターを避けてるとはいえ夜ですからね、何か見たことない夜だけ出現するモンスターとか出てくるかもしれませんし、さっさとお師匠様の森へと帰りましょうかね。

そんな事を思っていたのがフラグだったのか、少し離れた背後の草むらからガサガサと音がしました。

あまり音を立てないように振り向くと……。

クレイジーモス　Lv．8　アクティブ
【吸血】【毒鱗粉】【超音波】

ヒッツッわた、わたしは、虫は嫌いじゃありませんが、あの羽の目みたいな模様が、嫌いなんですうぅ！　しかも大きい！

暗闇に浮かぶクレイジーモスはこちらを完全にロックオンしています。ど、どこか広い場所とか！　森の中で炎魔法とか使いづらいですし！

そんなことを考えていたのが悪かったのか、急に視界がブレました。

あ、頭が……回る……。

もしかして【超音波】ってやつでしょうか。うえぇ……ちょっと気持ち悪くなってきました。

どうにか後ろへ動こうとしましたが、木があったようで木にぶつかってしまいました。

そこにクレイジーモスが突っ込んできたのを転がって避けます。

「ツウィンドアロー！」

視界が少しだけブレたままだったので、放った風の矢はクレイジーモスに掠りもせず木に当たりました。

それに気が付いたらわたしのＨＰが半分まで減っています。

毒状態になっていました。先程突っ込んできたときに、もしかして【毒鱗粉】というのを浴びてしまったのでしょうか。毒を治すアイテムは持っていません。

クレイジーモスから距離を取りながらポーションでＨＰを回復しようとアイテムボックスから取り出しますが、また視界がブレました。

「ッまた……」

視界の揺れに耐えられず、わたしは地面に突っ伏しました。最後に目に入ったのは、こちらに近寄るクレイジーモスの姿でした。

その後視界が真っ暗になり、目を開けるとルクレシアの石碑の前に立っていました。

……負けました。これが死に戻りってやつですね。ぐぬぬ、ちょっと悔しいです。

毒を治すアイテムと【超音波】とやらに対抗できる術を得てからリベンジします！

ステータスも半分になってしまっています。リルも半分くらいに減ってしまいました。

40000リルちょっとあったのが20000リルまで……許すまじクレイジーモス……。

ステータスは時間が経てば回復するので、もう今日は外に出るのはやめましょう。

ギルドで月光草の依頼の報告をして、達成報酬として2000リルもらいました。

ギルドを出て、路地裏で懐中時計を取り出します。

—行先を選んでください—
星詠みの魔女の森
エトワールの屋敷
魔花の花園

お師匠様の屋敷へ戻りましょう。選択すると、浮遊感に襲われ目を閉じました。

そして目を開けると、お師匠様の家の前に立っていました。

「おう、おかえりミツキ」

「シリウスさん、はい、戻りました」

お昼にみた時と同じ場所でシリウスさんが寝そべっていました。

挨拶をして、お師匠様の家の扉を開けて中に入ります。

「帰ったかい」

「はい、戻りました」

「……なんだい、しょぼくれてるじゃないか」

「あ、いえ、戦闘で負けてしまいまして」

「おや、そうなのか」

ソファで本を読むお師匠様が目を丸くしました。

「月光草の採取をしていましたらクレイジーモスの【超音波】と毒を受けてしまいまして……」

「ああ、なるほどね。初心者には戦いづらい相手だねそりゃ」

「はい、負けてしまいました。ちょっと悔しいです」

「次負けなければいいんだよ。対策でも考えておきな」

「はい！　それではわたしは戻ります。おやすみなさいです」

「おやすみ」

お師匠様に挨拶をしてお部屋へ入ります。

全身に【清潔】をかけてベッドに寝転がります。

なんだか思っていた以上に負けたのがショックみたいです。

そこまで強さに固執はしていませんが、やはり負けたくはないです。

次にあったら、負けません。

わたしは決意を固めて、ログアウトしました。

VRゴーグルを外して棚に置いて、ベッドから出ます。

そしてスマホを開いて、スクリーンショット画像をスマホに保存します。自分が見た景色が保存できるのはいいですね。

これは明日、家族のグループに貼り付けておきましょう。皆の反応が楽しみですね。

窓を開けてベランダに出ます。春の大三角が頭上で輝く時期になってきましたね。

春は他の季節に比べると星の数が少なく、大型の星座が多いので、星座が見つけやすいのです。楽しみですね。

わたしは部屋に戻って寝る準備をします。明日はハイポーションとハイMPポーションを作りましょうか。

それでは、おやすみなさい。

13日目　みずがめ座とポーション作製

月曜日の朝です。ちょっと憂鬱ですが、起きねばなりません。

わたしはスマホのユアストからの通知を開きます。

Your Story －ミツキ－

－12ページ目－

あなたは種族レベルが10になりました。
おめでとうございます。
星詠みについて知りました。
そして星詠みの魔女の試練を突破し、新たなジョブに就きました。
新しい力のことをよく知り、よく学んでください。
オークションも利用してみるのも良いでしょう。
良い出会いがあるかもしれません。
新しい素材との出会いは心躍りますね。
是非色々な素材を目にしてください。
夜に限らず厄介な敵は多いです。
よく対策、準備をして敵と戦うのが良いでしょう。
次の戦いへ、その経験を糧としましょう。
お疲れ様でした。

わたしはわたしにできることを、頑張りましょう。好きにやるのです。

ウィザードも薬師も両立して、綺麗な場所で綺麗な星空を見るために。

よし、今日も一日頑張りましょう！


今日も今日とて勉学に勤しみます。そして休み時間にタロットカードについて調べます。

バフデバフ、と言ってましたし、大体のイメージはつきそうですが。あんまりピンとは来ませんね。

【魔術師《ザ・マジシャン》】が魔攻、魔防にバフがかかるなら、【力《ストレングス》】は圧倒的攻撃バフでしょうか。

こればかりはユアストで調べても、誰もプレイヤーでアストラルウィザードになってないからかどこにも記載されていません。やはり使って確かめるのが一番ですね。


「満月、なにしてるの？」

「花ちゃん」

わたしに話しかけてきたのは友人の駿河花ちゃんです。サバサバとした凛々しい女の子で、弓道部に所属しています。

「ちょっと調べもの」

「へぇ。満月、星以外に趣味でも見つけたの？」

「趣味、と言うか。最近ゲームは始めたかな」

「へぇ……あんなに星Ｌｏｖｅ！　て感じだった満月がね。珍しいわね」

「ゲームの中でも天体観測しようと頑張ってるところだよ」

「そこは変わらないのね」

花ちゃんはクスクスと笑います。

わたしはゲーム内で撮った星空のスクショを花ちゃんに見せます。

「それ最近流行ってるユアストってやつかしら？　綺麗ね」

「そう！」

「へぇ、私もやってみようかしら」

「花ちゃん弓使いとか似合いそう」

「私が弓道部だから？」

「うん」

「まぁいい練習になりそうね。ちょっと考えてみようかしら」

「おーう授業始めるぞー」

「じゃあ後で調べてみるわ」

「うん！」

花ちゃんにユアストを勧めてしまいました。花ちゃんも楽しんでくれたら嬉しいですね。


そして放課後となり、部活に行く花ちゃんを見送ってわたしは帰路につきました。

兄とのチャットに、魔花の花園で撮ったスクショを送ります。

「こんな景色も撮れるよ、と」

きっと興味を持つでしょう。

そうしたらいつか一緒にプレイできるかもしれません。

それまでの間にわたしはわたしでゲーム進めましょう。

食事の際に両親にもスクショをみせました。

「へえ、すごい綺麗だね」

「今時のゲームってすごいのね」

「うん、とても楽しいよ。これからも色々な景色を撮ってくるね」

「ええ、楽しみにしてるわ」

感じた感動はお裾分けしたいですからね。家族みんな星空大好きですもん。

お風呂も済ませたのでいざ！


ログインしました。身なりを整えて、お師匠様に挨拶しましょう。

「お師匠様、こんばんは」

「ああ、ミツキか。そうか、夜に来るんだったね」

「あと数日はこの時間帯に来ることになると思います」

「そうかい、わかったよ」

ぐぎゅるるるる。

……わたしのお腹がなりました。もう少しで満腹度が0になってしまいます。いや鳴るんですか！

「くく……」

「す、すみません恥ずかしい……」

「少し待ってな」

お師匠様はその手にパンケーキを持って戻って来ました。

パンケーキ？

「そら、食べな」

「あ、ありがとうございます。お師匠様が作られたのですか？」

「ワタシじゃなくておとめ座《スピカ》が作ったのさ。豊穣を司るおとめ座《スピカ》は作物を育てた後料理を作るのにハマっていてね。今日はそれがディナーさ」

「お料理も出来るんですね……」

「彼女たちは実体を持つし意思も持つ。やりたい事をやらせるのが良い関係を築く秘訣さ」

確かに喚び出したサダルスウドも話しかけると頷いたりにこりと笑ってましたね。

「彼らは言葉を話したりするんですか？」

「そりゃそうさ。おおいぬ座《シリウス》も話しているだろう？　熟練度が上がれば彼らと意思疎通しやすくなるだろうさ」

そういえば気にしないようにしていましたがシリウスさん普通に話してました。

「いただきます」

「あいよ」

スピカさんが作ったパンケーキを切り分けて口へと運びます。

「！」

美味しいです！　ふわふわの食感、それにこれは苺ジャムですね。

甘酸っぱいジャムと甘さ控えめのパンケーキが絶妙なバランスで成り立っています。

食べながら笑顔になるのが自分でもわかります。美味しいです……至福……。

「美味いかい？」

「とってても！」

「そりゃおとめ座《スピカ》も喜ぶさ」

美味しいパンケーキに舌鼓を打ちます。食べ終えるのが勿体無いですが、最後の一切れを口に運びます。

「ごちそうさまでした！」

「皿は【清潔】をかけて食器棚へ置いておいてくれ」

「はい」

言われたとおり【清潔】をかけてお皿を戻します。【清潔】をかけたら綺麗になりました。

手洗いしないのは慣れませんね。

「どこか空いてるスペースをお借りして良いですか？　ポーションを作りたいのです」

「リゼットの依頼かい？」

ましょう。

「依頼分と自分でも使う分を作ります」

「ゲストルームでやってもいいが、まぁアタシがいる所ならそのテーブル使ってもいい」

お師匠様はダイニングテーブルを指さしました。お言葉に甘えてダイニングテーブルをお借りし

ましょう。

よし、ではハイポーションを作りましょう。

わたしはサダルスウドを呼び出します。

「〈みずがめ座《サダルスウド》〉」

「アイテムを作るのに、お水使わせてくださいね」

彼はこくりと頷いて、水瓶を椅子に置いてコップを手に取ります。

「……いれてくれるんですか？」

満面の笑みで頷いてくれました。嬉しいです！

「なんだい、ポーション作るのにみずがめ座《サダルスウド》を喚んだのかい」

「はい、綺麗なお水だったので【精製】しなくとも良い効果を発揮してくれるのかなと」

「いい着眼点さ。こいつの水は最上級の清水、不純物など一切含まれない水だからね」

サダルスウドの頭をなでながらお師匠様がそう教えてくれました。はにかむサダルスウドの笑顔

が可愛らしいですね。

魔力草を鍋に入れると、サダルスウドが水を入れてくれます。

それを混ぜ合わせて、妖精の雫を一滴入れます。

よし、【精製】！

ハイポーション

ＨＰを50％回復する。

作れました！　よし、じゃんじゃん作りましょう！

一時間くらい作業をしました。ハイポーション三十本、ハイＭＰポーションを二十本作りました。

「ありがとうございます、サダルスウド」

サダルスウドはこくりと頷いて、微笑んでからスーッと消えました。今度お礼を考えましょう。すごく手伝ってくれましたので。パンケーキはシリウスさんも食べてましたし、甘いものとか食べれますかね。

「ありがとうございます、お師匠様」

「なに、ワタシは何もしてないさ」

ソファに座って本を読みながら左手をひらひらさせます。

「ふふ、おやすみなさいお師匠様」

「あいよ。おやすみ」

今日はここまでにします。また明日残りのハイポーションを作りましょう。

部屋に戻ってベッドに横になります。

ログアウトしました。まだ少し寝るには早いので、明日の予習をします。

窓の外には欠けていく三日月が夜空に飾られています。ちょっと窓を開けて夜風を浴びます。

双子座の近くに火星がいますね。いいタイミングで見られました。

明日は夜、お師匠様の庭に出てみましょうかね。星空の下でのポーション作りは楽しそうです。

予習を終わらせて、ベッドに潜り込みます。それでは、おやすみなさい。

14日目　オリジナルアイテム

起きました。おはようございます。

着替えて、ストレッチをして通知を開きます。

Your Story －ミツキ－
－13ページ目－
乙女が作ったパンケーキの味は如何だったでしょう。
水瓶の子も、貴方を手伝えるのを喜んでいるようです。
アイテム作りも順調ですね。

これからも良いアイテムを作り続けてください。

お疲れ様でした。


サダルスウドは喜んでいるのですね。やはりお礼を考えないと。

労働には対価が必要ですからね！

よし、今日も一日頑張りましょう！


「もうすぐテストだからな。課題出すぞー」

「えぇーーー」

各教科の担当の先生方が容赦なく課題を出します。それにクラスメイトがブーイングをしました。

テスト……テストが近くなったらゲームはできませんね。赤点取ったらゲームやらせてもらえなさそうなので、そこは真面目に課題をやりましょう。

今日は課題をやりますかね……頑張れば二、三日で終わるでしょう。わたしはクラスメイト達と同様に、出された課題を前にして大きくため息をつきました。

課題の提出をし終えて、勉強の息抜きとしてゲームを起動したのは木曜日の夜でした。

やっとログインできます……。

ログインしました。身なりを整えて、椅子に腰掛けます。コッコの串焼き（塩）を食べて、ストレッチをします。

今日は外でポーション作りをしてみましょう。

「こんばんはです お師匠様」

「ミツキか。元気そうだね」

「中々来られなくて……」

「そこはちゃんとやるべき事はやっておいで」

「はい！　……今日はお庭で、星光を浴びながらアイテム作りたいんですけどよろしいですか？」

「構わないよ」

お師匠様の許可もいただいたので、お庭にお邪魔します。

お師匠様のお庭は作物が育つスペースと植物が育つスペースが分けられています。

作物と星空、植物と星空を芝生に寝転がってスクショします。

これをスピカさんがお世話しているのでしょう。とても元気に育っていますね。

植物スペース側の芝生に、キャンプセットの中のアウトドアテーブルを設置します。

そして少しだけ寝転がります。

「きれいだなぁ」

視界にいっぱい広がる星空は、魔花の花園でみた星空より、近く明るく見えます。

心なしか星の瞬きも多いような気がします。あ、流れ星。

よし、パワー取り込めました。ポーション作りましょう。

あ、忘れないうちに【神秘《アルカナ》】使っておきましょうかね。

どれにしましょう……【星《ザ・スター》】が気になるので召喚してみましょうかね。

「【17：星《ザ・スター》】」

手のひらの上で星と女性が描かれたカードが浮かびます。それは光となって、わたしに吸い込まれました。

これもわたしへのバフのようですね。ステータスを見てみます。

ほう？　幸運へのバフとパッシブスキル【可能性】が限定で付与されています。

【可能性】：ありとあらゆる可能性を広げる。新しいアーツや新しいアイテムを作る確率が上がる。

わ、わぁ！　わたしの可能性を広げてくれそうなスキルですね。新しいアイテムですか。作れたらすごいですよね。

アイテム作製向けでもあるバフですね！

「〈みずがめ座《サダルスウド》〉」

そしてサダルスウドを喚び出します。

「今回もよろしくお願いします」

微笑んで水瓶を抱えます。そしてコップを片手に持ちました。

その水瓶は重くないんですかね？

よし、では青空教室ではないですが星空の下でアイテム作製です！

黙々と作り続けること一時間。依頼分のハイポーションとハイMPポーションを作り終えることができました。そのあと三十分かけて自分の分のハイポーションも十五本、ハイMPポーションを十本作ることが出来ました。

「サダルスウド、ありがとうございます。よかったら、わたしとパンを半分こしませんか？」

きょとんとした顔でこちらをみるサダルスウドに、お互いに【清潔】をかけて、アイテムボックスから出したクリームパンを半分に、丁寧に千切ります。

「お礼には足らないかもですが、分け合うと美味しいんです」

差し出したクリームパンを受け取って、じっと見つめるサダルスウド。わたしはクリームパンにかじりつきました。

んむ！　美味しい！

うっすらバニラの香りがするのでバニラエッセンスを使っているのでしょうか。

サダルスウドも小さな一口でクリームパンを食べます。

「！」

すると目を大きく瞬き、ふにゃりと笑います。おお、気に入ったみたいです。良かった。

「美味しいです？」

「！」

コクコク何度も頷いて大事そうにクリームパンを頬張るサダルスウドに胸があたたかくなります。

また買ってきましょう。

作ったハイポーションとハイMPポーションを【鑑定】でちゃんと出来てるか確認しつつアイテムボックスにしまっていると、

星のハイポーション：HPを50％回復する。ランダムなステータス一つを五分間向上させる。

「はえ⁇」

星のハイMPポーション：MPを50％回復する。ランダムなステータス一つを五分間向上させる。

「これも⁉」

急いで作ったハイポーションとハイMPポーションを仕分けます。

かろうじて依頼分のハイポーション、ハイMPポーションの数は保たれました。

しかしこの星のと、つくハイポーションとハイMPポーションは、ハイポーションが八本とハイMPポーションが五本ありました。

お師匠様に報告しましょう！　急いで片付けて、食べ終わっていたサダルスウドを連れて室内に戻ります。

「おおお師匠様！」

「なんだい騒々しいね」

「……何かあったのか」

「ヴァイスさん！」

右手に星のハイポーション、左手に星のハイMPポーションを握って駆け込むと、そこにはヴァイスさんがいました。庭にいましたが全然気付きませんでした！

「私はただの報告で来た。それよりもその手に握っているものはなんだ」

「そうさね。」

「あ、新しいアイテムを作ってしまったようなので見てもらおうかと」

お師匠様とヴァイスさんが座るソファの間にあるテーブルに星のハイポーションと星のハイMPポーションを置きます。そしてお師匠様の隣に腰掛けました。

「ほう」

「これは……」

お二人ともアイテムを見つめて黙り込んでしまいました。

「さてヴァイス。お前はどうみる」

「……ミツキ。これを作ったときの状況を教えてくれ」

「は、はい」

わたしは星空の下で、【17：星《ザ・スター》】を召喚してサダルスウドの水を使って作り上げたことを説明しました。

「ふむ、それだな」

「それだね」

「まず星空の下だが、君も〈星の視線〉の称号があるだろう。星空の下では常に視られていると思うといい」

「……星に、ですか？」

「そうだ。その〈星の視線〉を受けながら【17：星《ザ・スター》】の加護を受け、【星魔法】を使って作り上げた。故に出来た物だと推察する」

「そうだ。星の力を重ね合わせた結果出来たものだね」

「師匠《せんせい》はサブが宝石職人で私は学者だ。私達では作ることは出来ないだろう」

「この力は本当に多様性がある」

お師匠様とヴァイスさんは難しい顔をしています。

わたしはそれよりも星に視られていることの方が気になります。まるで星にも意思が、あるかのよう。

「まぁ何にせよミツキ、これは自分で使うといい。オークションにも出すなよ。あと、リゼットには報告しておくこと」

「は、はい。わかりました」

「薬師は薬師で星の力と相性がいいんだな……新しい発見だ。礼を言おうミツキ」

「い、いえ！　偶然出来たものですし。ありがとうございます、サダルスウドも」

隣に腰掛けてたサダルスウドにお礼を伝えます。わたしと同じようにできたものに対しびっくりしていたようですが、微笑んでスーッと消えました。

そして思っていたよりも時間が経ってしまったことに気が付きます。

明日も学校です！

「も、戻らないと」

「そうさね。もう遅い、子供は早く寝るんだね」

「私も帰ることにする。……師匠《せんせい》、ミツキ、ではまた」

「あいよ」

「お会い出来て嬉しかったです、ヴァイスさん」

玄関までヴァイスさんをお見送りして、わたしもお部屋に戻ります。

「お師匠様、おやすみなさい！」

「はいはい、おやすみ」

勢い良くベッドにダイブします。そしてログアウトしました。

「もう二十三時近くになる」

急いでアラームをセットして、明日の準備と寝る準備をします。

持っていく教科書をカバンにしまって、よし！　寝ます！

「おやすみなさい」

15日目　星座との探索

起きました。おはようございます。少し眠いですね。
そして慣れた動作でユアストからの通知を開きます。

Your Story －ミッキー－
－14ページ目－
水瓶の子と食べたパンはどうでしたでしょうか。
とても美味しく感じたことでしょう。
新しい魔法を使って新しいアイテムを作ったようですね。
とても素晴らしいです。おめでとうございます。
きっと忘れられない日になったことでしょう。
お疲れ様でした。

はい、忘れられない日になりました。

どの組み合わせで何が作れるのか、気になってしまうところです。

全然わかりませんがね！

それはこれからゆっくりやりましょう。

よし、今日も一日頑張りましょう！


やっと金曜日です。休みの日の前は夜遅くまでゲームやっちゃおう！　って考えになりますよね。

ということで今日は状態異常を治すアイテムを作るために新しい素材を探したいなと思います。

リゼットさんからいただいた薬師のレシピ本を確認しましょう。

帰ったらゲームをやりましょう！

土曜日一日ゲームして、日曜日はテスト勉強します。来週は後半にテストがあるのです……。

コツコツ課題はやっていますが、割と一夜漬けタイプでもあるわたしです。

「満月、テスト勉強してるかしら？」

「課題の範囲をとりあえず暗記するくらいしかしてないね」

「まぁ今回範囲狭いものね」

お昼休みで今日の予定を組み立てていたところ、目の前でお弁当を食べる花ちゃんに話しかけられました。

「それに満月、記憶力良いわよね」

「覚えるのは早いってよく言われるよ」

「羨ましいわ～」

「花ちゃんは運動神経全振りしてるよね」

「どうしても数式が駄目ね、覚えられないわ」

「そこはもう式覚えろとしか……」

目の前で頭を抱える花ちゃんにエールを送ります。わたしはとりあえず目指せ平均点くらいしか考えてないので。


午後の授業を終えて帰宅しました。

お父さんとお母さんは、今は忙しい時期なので帰るのが遅いようです。

今のうちにお風呂を沸かしておきましょう。

今日の夕飯は簡単にサラダと炒飯にします。自分の分をサッと作って食べてから、両親の分の夕飯を用意します。作ったサラダは冷蔵庫に、炒飯はフライパンで蓋しておきます。

さすがにへとへとの二人にご飯作らせるのはかわいそうですしね。

「フライパンに炒飯、冷蔵庫にサラダあります、と。メモ置いておけば大丈夫だよね」

ペーパーウェイト代わりに箸置きでメモを固定し、お風呂を済ませて部屋に戻ります。

よし、ログインします！


ログインしました！　身なりを整えてストレッチをします。

身体の感覚を掴むにはストレッチして慣らすのが良いですからね。

「お師匠様、こんばんは」

「よく来たねミツキ」

お師匠様に挨拶して向かいのソファに座ります。

お師匠様は何か編み物をしてらっしゃいますが、顔を上げて挨拶してくれました。

そして目線を編み物へと戻します。

わたしはひとまず自分に【清潔】をかけて、アイテムボックスからキッシュを取り出して口に運びます。

「……お前さんのアイテムボックスは料理も入っているんだね」

ちょっと呆れたように言うお師匠様。口の中のものをよく噛んで呑み込みます。

「自分で作れない時のために買い込んでましたね」

「そうかい」

どこかのタイミングで料理作りましょう。この世界タッパーとかあるんでしょうかね?

キッシュを食べ終えて手を合わせます。

ごちそうさまでした。

心のなかで唱えて、レシピ本を取り出します。レシピ本にはどのようなレシピが載っているのでしょう。

薬師のレシピ本①
ハイポーション：魔力草＋妖精の雫
ハイＭＰポーション：魔力草＋魔力キノコ＋月光草＋星の砂
オールポーション：魔力草＋ヤドリギの種
オールＭＰポーション：魔力草＋魔力キノコ＋ヤドリギの種
オールハイポーション：魔力草＋妖精の雫＋ヤドリギの種
オールハイＭＰポーション：魔力草＋魔力キノコ＋月光草＋星の砂＋ヤドリギの種
キュアポーション：魔力草＋妖精の雫＋ヨモギ

ほう、一ページに一つアイテムが書かれています。見たことないのは五つですね。見る限り、オールとつくのはパーティー組んだときにパーティーメンバーを回復するポーションでしょうか。

ヤドリギの種……というものが必要そうです。

あと響き的に最後のキュアポーション、というものが状態異常を治しそうな感じなのですが、ヨモギ？　ヨモギってあのヨモギでしょうか？

ふむ……ではヨモギとヤドリギの種を探しましょう。森に生えているでしょうか。

うっ……クレイジーモス……出会ったら逃げましょう。

魔法を当てられたとしても【超音波】を食らってしまったらまた同じようになってしまいます。

「お師匠様、ちょっと素材探しに行ってきます」

「……気を付けて行くんだよ」

「はい！」

お師匠様に声をかけて玄関から出ます。……ここは天気が悪くならないのでしょうか。満天の星です。

「……出かけるのか」

「わっ」

上だけ見ていたら真横から声をかけられました。

慌てて横を向くと、そこには彫刻のような美しさをもつ青年が立っていました。

シンプルな装いをしていますが、腰にさした短剣が異様な輝きを放っています。というか、片腕に蛇が巻き付いていますね。

「あの、貴方は……」

「……ペルセウス・ミルファク」

ペルセウス座！

名前が星座になっていると名字？　に明るい恒星の名前もつくんですね？

「ペルセウスさん」

「気を付けて行け」

蛇がシャーッとこちらに威嚇して？　ペルセウスさんは瞬きの間に消えました。

び、びっくりしました。というかわたしのこと、ご存じだったのでしょうか。

自己紹介し忘れてしまいましたが……。

後でお師匠様に聞いてみましょう。さて魔花の花園に向かいましょうか！

わたしは懐中時計を操作して魔花の花園へ移動しました。

魔花の花園に到着しました！　いつ来てもここは誰もいませんし来ませんね。

セーフティエリアなんですけれど……。

とりあえずヨモギと種っぽいものを探しましょう！　クレイジーモスを見つけたら即反対方向に逃げます！


ヨモギは普通に草むらに紛れて生えていました。

ただ陽のあたる場所に生えるためか、結構距離を空けて点々と生えています。

ヨモギ：ヨモギ。解毒作用があるだけでなく、キュアポーションの素材となる。
生き生きしている。

ちょっと雑ですね。……生き生きしてるところ申し訳ないですが採取させていただきますね。

あ、今日まだ【神秘《アルカナ》】使ってませんね。お試しなのでどれを召喚してみましょうか。

今日は一番わからない【０：愚者《ザ・フール》】を使ってみましょう！

「【０：愚者《ザ・フール》】」

旅人が描かれたカードが浮かび、わたしに吸い込まれます。ふむ、これもバフみたいですね。

ステータスを開いて確認します。

おや？　ステータスはあがっていませんね。【自由】というパッシブスキルが付与されているだけですね。

愚者は自由や好奇心を表す、と書いてありましたが【自由】とは？

【自由】：ＭＰを消費せずにアーツが使用可能となる。制限回数３回

き、きゃぁぁぁ!?　制限があるとはいえ、すごいスキルです！

天体魔法が三回もＭＰ消費なく使えるようになってしまいます……。

－天体魔法はロックされています－

ちょっと見てみようと思いましたが見れませんでした。残念。

いやでも便利ですね。戦いの最中にＭＰが切れてしまっても三回は撃てる、と言うことです。

つっよいですね！　ここぞという戦いの時に使うようにしましょう。

よし、ヨモギとヤドリギの種探しをしましょう。

ヨモギは歩けば生えているのを見つけられますが、ヤドリギの種は見つけられませんね……。

ヤドリギの種、と言うなら木があると思ったのですが……。

ガサッ。

「！」

気配と音を聞いたので急いで距離を取って振り返ると、あの特徴的な目のような羽……。

クレイジーモス　Ｌｖ．８　アクティブ
【吸血】【毒鱗粉】【超音波】

で、出やがりましたね！

「ファイアーアロー！　ウォーターアロー！　ウィンドアロー！」

目くらましも兼ねてなるべくクレイジーモスをみないようにして魔法を放ちます。

よし逆方向に逃げます！　わたしは脇目も振らずに走り出しました。


途中角ウサギと出合い頭に衝突したりしましたけど、ジグザグに走ったり方向転換したりして逃げ切りました！

制限三回は目くらましで使い切ってしまいました。少し勿体無かったですね。

それにひたすら走っていたらちょっと迷いました。マップをみると割と森の奥深くまで入り込んでいます。と言うかこの森本当に広いですね……。

あ、ヨモギ。ついでに魔力草も。

いくらあっても足らないですからね。アイテム作るのに全部魔力草使うので。

たくさん集めましょう。

星の砂だけまたオークションですかね……。

歩くこと数分、なんか木の雰囲気が変わったように思います。先程までは針葉樹が多かったのですが、なんか広葉樹のような木が並んでいます。ただなんか緑の丸い塊がモサモサしているような……。

ブナノキ

木材として有用。ヤドリギに寄生されている。

ヤドリギに寄生されている⁉　や、ヤドリギって寄生タイプだったんですか！

え、どうやって種を採取すれば……？　と、とりあえず揺らしてみますか。

……揺れません！

どうして……どうしましょう？

さすがに杖でも届かないですし、揺らせませんし。

……空を飛ぶ神話をもつ星座かパワーを持っていそうな星座を喚びましょうか。

というか鳥系の星座に落としてもらいましょう。

「〈わし座〉《アルタイル》」

魔法陣から鷲が現れます。翼を広げると一メートルくらいありそうです。

「アルタイル、あのモサモサした緑の植物を下に落としてもらえませんか？」

「……」

わたしの目をジッと見つめたあとアルタイルは翼を広げて飛び上がります。

そして器用に嘴《くちばし》でヤドリギを落としました。近寄って【鑑定】してみると、

ヤドリギの種：木から落ちると種になる。木に植え付けると発芽する。

種！　種になりました！　これなら拾えます。

「たくさん落としてください！」

アルタイルは次から次へとヤドリギを落とします。

ありがとうございます……！　助かりました！

片っ端からアイテムボックスに放り込みます。大体二十個くらいは集められました。

「ありがとうございます、アルタイル」

何か食べますか？　と聞いたところ首を横に振ってスーッと消えました。く、クールですね。

次はアルタイルが活躍出来るような場面で喚びましょう。

よし、集め終わりました。一旦魔花の花園へと戻りましょう。

明日はギルドでお金をおろして、星の砂をオークションで買いつつリゼットさんのところに星のハイポーションと星のハイMPポーションの事を報告しに行きましょう。

そして討伐依頼を何個か受けましょうかね。時間が空いたら新しいアイテムを作りましょう！

今日はもう遅いのでログアウトですね。お師匠様の家に戻ります。

「あ、お師匠様」

「……怪我は無さそうだね」

「はい！　今日は逃げました！　……お師匠様、家の周りに護衛とか置いている感じですか？」

「ペルセウスのことかい？」

「そうですね」

いつもお師匠様の家を出るとシリウスさんがいましたからね。こう、番犬的なのかと思いました。

「昔熟練度を稼ぐために片っ端から召喚していた時期があってね。戦うのが好きな奴らはジッとしているのが苦手なのか、勝手に警戒し始めたのさ。だからあいつらは喚び出すと呼ばれるまで外で護衛みたいなことをしている」

「そうなんですね……」

「ミツキ、お前さんも何でもいいから喚び出すといい」

「用が無くてもですか？」

「喚ばれるだけであいつらは喜ぶさ。それにアドバイスを一つ。かみのけ座《ディアデム》はこの世界に来たら毎回喚び出すといい。役に立つぞ」

かみのけ座《ディアデム》？　ふむ、試しに喚び出してみましょうか。

「〈かみのけ座《ディアデム》〉」

魔法陣から髪の毛が浮かびます。傍目に見るとウィッグが浮いているような感じですね。

それは光となってわたしの髪の毛に吸い込まれました。

「……吸い込まれました」

「自分のMPバーをみてみな」

お師匠様の言葉の通りに視界のMPバーを見てみます。

すると、MPバーの下にグレーの、MPバーのような線があります。

「何か線がありますね」

「かみのけ座《ディアデム》の能力はMPタンクと言えば伝わるかね。実質MPバーが二本になるのさ」

「二本になる……」

「そうさ、役立つだろ？」

実質二倍のMPを保有できると言うことでしょうか。それはすごいです！

戦闘にもアイテム作りにも役に立ちます。これからは毎回喚び出すことにしましょう。

「教えてくださりありがとうございます！」

「たまには師匠らしいことをしないとね」

今後はたくさん喚び出しましょう。最近少しだけ一人なのが寂しいなと思ったところなのです。戦闘も手が足りないことが増えましたし、一緒に戦ってくれるなら嬉しいです。

「ありがとうございます、お師匠様。今日は失礼しますね」

「あいよ、おやすみ」

「おやすみなさい」

お師匠様に挨拶してログアウトします。明日の予定は立てましたし、ログインしたらルクレシアに向かいましょう。


ログアウトしました。もう二十三時くらいになります。

窓の外からは雨が降っている音がしますね。今日はもう寝て明日に備えましょう。

軽くストレッチして寝る準備をしました。

おやすみなさい。


おはようございます。日が昇るのは早いですね。良い天気そうです。

……まぁ、ゲームやるので外には出ませんけどね。朝ごはんを済ませて部屋に戻ってきました。

スマホの通知を開きます。

Your Story －ミツキ－

－15ページ目－
新しい素材を探すのは大変ですね。
見つけられて良かったです。
新しいアイテムを作るのを楽しみにおります。
新しい魔法も、使いこなせるよう頑張ってください。
彼らは貴女に喚ばれるのを待っています。
お疲れ様でした。

喚ばれるのを待っている、と言われたら喚び出すしかないですね！
どんな星座と会えるでしょうか。楽しみです！
さて、ログインしましょう！

ミツキ　Lv.10
ヒューマン
メインジョブ：アストラルウィザード　Lv.1／サブ：薬師　Lv.1

ステータス
攻撃21（+5） 防御24（+10） 魔攻42（+10）
魔防25（+10） 敏捷30（+15） 幸運23

ジョブスキル
【炎魔法】【水魔法】【風魔法】【土魔法】
【天体魔法】【星魔法】【神秘《アルカナ》】【身体強化（魔）】【調合】【調薬】【精製】【短縮再現】【複製】

パッシブスキル
【鑑定】【遠視】【気配察知】【隠密】【植物学者】【節約】【料理】【暗視】【夜目】
【MP自動回復】【HP自動回復】【俊足】【品質向上】【精密操作】【看破】【波動】【清潔】

装備
［頭］なし
［上半身］コズミック・ローズ
［下半身］コズミック・ローズ
［靴］ウォーホースのブーツ

［武器］魔花の杖
［アクセサリー］コズミック・ポンチョ
［アクセサリー］なし

称号
翠玉《エメラルド》薬師の弟子
星の視線
星詠みの魔女の弟子

ギルドF
ランクアップまで
採集依頼3
討伐依頼5

書き下ろし番外編

冒険者カレンの日常

-新星との出会い-

冒険者の朝は早い――なんて事はないな。疲れていれば昼まで寝る事もあるし、目が覚めれば日の出と共に起きる事もある。

冒険者は自由だ、なんて考えた事もあるが、実際そんなに自由じゃなかったしな。

依頼があれば雨が降ろうが雷が鳴ろうが向かわなきゃ行けねえし期限もある。それが救助の依頼なら最優先だ。

ルクレシア所属の冒険者になれば指名依頼もあるし、一週間も家に帰れないなんてザラにある。

今日は急ぎの依頼もないし、ゆっくりするか。

ポストから新聞を取り出し、リルファが以前置いていったコーヒーを淹れる。置いていったってことは飲んでもいいってことだろ。

「レティシリアの紛争は継続、か」

共和国が気に入らねえから紛争が終わらないところもあるが……だからと言ってそれぞれが独立し建国したらしたでそれは戦争の火種になる。面倒だな。

「日輪の国では日輪の巫女が代替わり……レダンの密林の砂漠化問題……どこも色々あんなぁ」

大きな争いは無くとも小競り合いは日常茶飯事って奴だな。

「……へぇ、『渡り人がアルヒラル遺跡の攻略を開始』なぁ」

レダン帝国の砂漠に存在する大型ダンジョン、アルヒラル遺跡。

推定三十階層あると言われている。冒険者はそういったダンジョンへ向かい探索、あわよくば何か発見したり宝物を手に入れたりしたい。

それらを売れば一攫千金《いっかくせんきん》、なんてな。夢のある話だ。その分リスクも伴うからな……念入りな準備が必要だろうよ。

「渡り人なら何か見つけんのかねぇ」

新聞をテーブルへ置いて着替える。そろそろ町の人達も動き始める時間だ。ひとまず町を歩いて、何かないか見るとする。

それがルクレシア所属の冒険者の仕事だ。

「おはようカレン」

「おはよう、朝から精が出るな」

「魚は鮮度が命だからな！」

町を歩き、掛けられる声に返事をする。朝から皆元気だなマジで。

「おっはよー！　カレン！　カレン！」

「カレンー！」

「うおっ……ったくお前ら危ねぇよ」

腰に飛びついてきた町の子供達を難なく受け止め、軽く小突く。冒険者たるもの子供の飛び付きで転んだりはしないぞ。

「今日は僕らの所来るの？」

「おー。色々買ってくから戻ってな」

「わーい！　ありがとう！」

「院長先生に伝えなきゃ！」

「前見て走れよー！」

アタシの声にはーい！　と声を上げて駆けていく孤児院の子供達を見送って、買い物を済ませる。

そして馴染みの孤児院へと向かった。

「邪魔するぞー、先生いるか？」

「カレン！」

「カレンだ！」

「せんせー！」

「はいはい、聞こえていますよ」

子供達に呼ばれて部屋の奥から出てきた先生……孤児院の院長。エプロンを畳みながら出てきた彼女は、アタシをみて破顔した。

「先生」

「カレン、よく来たわね」

「おう。色々買ってきたから仕舞っとくぜ」

「いつもありがとう、カレン。……でも、もういいのよ」

「んあ？」

戸棚に缶詰やら調味料やらを詰め込んでいた所、心配そうにお断りされた。何でだ。

「貴女はここの孤児院出身だけど、もう大人になったでしょう？　貴女は貴女の生活をして、人生を歩んでほしいわ」

「そんな事か。いーんだよ、冒険者は高給取りなんだぞ」

詰め込みが終わって先生へと振り返る。……アタシがいた頃よりも年を取った先生は、いつのまにかアタシよりも小さくなっていた。

「アタシがやりたいからいいんだ。ほら、新入りも入ったんだろ？　新入り用の洋服とか、スカーレットに持たされたんだぜ」

「……ありがとう、カレン」

無理やり話題を変えて洋服を取り出したアタシに、先生はぽつりと感謝の言葉をこぼした。

「んじゃ、また来るから。先生元気でな」

「カレンも、あまり怪我しちゃ駄目よ」

「……気を付ける」

子供達に手を振って孤児院から出る。冒険者に怪我は付きものだが、あんまり大怪我すると先生を泣かしちまうから気を付けなくちゃならないな。

よし、依頼やるか。怪我しない為にも、強くなるのが近道だ。

そうして午後は何個か依頼を熟してルクレシアへと戻ってきた。今度は少し遠めの依頼を取っても良さそうだな。

「おかえり、カレン」

「おう、ただいま」

門番として立っている顔見知りのおっちゃんに返事して、夕暮れに染まるルクレシアを歩く。もうすぐ夕食の時間だからか、店が活気に溢れている。

アタシはこの町が好きだ。だからこそルクレシア所属の冒険者になった。

アタシの守りたいものが、そこかしこにある。

「お母さんアレ食べたい！」

「そうね、今日の夕食に食べましょうね」

「おっちゃんもう少し安くならねえかな⁉」

「これ以上はならん！」

「なあなあこの後どうする？　一杯どう？」

「いいね、行こう！」

アタシはそんな会話を聞きつつ、夕食を食べるためにティナの店へ向かった。


いつ来てもティナの旦那の飯は美味い。メニューもよく変わる。よく動くティナと、滅多に厨房から出てこないリグの姿を見つめつつ、ストームティガーのステーキを口に運ぶ。

一口、噛むごとに肉汁が溢れソースと絡んで、更に肉の旨味を引き立てる。マジ美味い。

「相席いいかしら？」

その言葉に顔を上げると、ルクレシアの副ギルドマスターのラディアナが笑みを浮かべて、アタシの返事を待つことなく反対側に座った。

「ラディアナさんか。まあいいぞ」

「ふふ、ありがと。ティナさん、カレンと同じものを頂戴な」

「はいよ！」

「……ラディアナさん、ガッツリ肉食うんだな」

妖艶《ようえん》が服着て歩いてる、なんて言われるほどの美貌と惜しげもなく晒《さら》すその体つきは、その辺の奴等の目を引く。自分の美貌には人一倍気を付けている人だと思っていたが……。

「この後依頼入っているからいいのよ」

「そうか」

なら心配しなくても良いだろう。そもそもアタシが心配するほど弱い人じゃないしな。

「カレンに一つお知らせがあるの」

「……うげぇ」

「嫌な顔しないの」

「はいおまちどお！　ごゆっくり～！」

「ありがとティナさん」

綺麗な所作で肉を口に運ぶラディアナさんを見つめる。アタシ、何かやったっけな……。

「カレンは何もしてないわよ」

「うお、なんでわかったんだ」

「顔に出ていたわ。……じゃなくて、カレンに指名依頼よ。この後ギルドで確認してきなさいな」

「……ん、わかった」

指名依頼は必然的に、依頼ボードに貼れない依頼だ。その内容は様々だが、アタシへの依頼は大体護衛か討伐依頼だろう。

「食事ついでに伝えられて良かったわ」

「ありがとうラディアナさん。その依頼早めのやつって事だろ？」

「そ。準備の時間とかあるもの、見かけたら伝えようかしらぐらいだったけど、運が良かったわね」

「……まあいつもの依頼な気もするな」

アタシの言葉にニヤリとした笑みで返事したラディアナさんに溜息を零しつつ、ティナを呼んで精算して宿を出る。んじゃまあ、ギルドへ向かうか。


ルクレシアのギルドは、活気に溢れている。王都ほどではないが、活発だな。最近は渡り人も増えてきたし、依頼をこなすペースは速い方だろう。

カウンターでアタシへの依頼を確認する。うん、やはりいつもの顔見知りの貴族の女性からの護衛依頼だ。婚約者へ会いに行く彼女の護衛は、いつもアタシを選んでくれる。

貴族からの指名依頼は冒険者として箔が付くから、なるべくなら受けなきゃならん。同時に指名依頼が出来るようになるCランクの冒険者への責務でもある。変な依頼は断るけどな、流石に。

「お、カレンじゃねえか。最近どうだ？」

顔見知りの冒険者が話しかけてきた。冒険者は顔が広くてナンボだからそれに軽口で返答する。

そうすると、周りにいた冒険者達もお互いの近況を報告しあう。

それは時として貴重な情報源となる。アタシも出せる情報を出しつつ、冒険者達と話していた時。

「カレン！　こちらに来てください！」

聞き慣れた幼馴染の声に振り返る。そこにはこちらを見つめる幼馴染《サイファ》と、見慣れない渡り人の少女がいた。

そうしてアタシは、真新しい新星と出会ったたって訳だ。

あとがき

皆さま初めまして、作者の灯火です。

この度は『Your Only Story Online』を手に取っていただきありがとうございます！

この作品は天体が好きな少女が、自由気ままに冒険しつつ、天体観測をするために邁進する話です。ＶＲＭＭＯは夢があります。ファンタジーなので、こんな機能あったらいいなもたくさん詰め込んでいます。

主人公である満月はゲーム中に星空を見上げ星に想いを馳せ、ＮＰＣと、仲間と、星座達と絆を結び、自分だけの物語を紡いでいきます。ゲームに不慣れなため、思いもよらない方向へと向かいがちな満月の冒険をお楽しみください！　そして皆様も脳内で天体観測できるよう、応援しております。

さて、今回「小説家になろう」で連載している本作が出版まで漕ぎ着けることが出来たのは、応援し読み進めてくださった読者の皆様のおかげです。途中プレッシャーやストレスにより筆を折りかけましたが、温かい言葉や、メッセージをいただき再度筆を持つ事ができました。感謝申し上げます！　大感謝です！

そして、このような素晴らしい本を作ってくださったＴＯブックスの皆様、支えてくださった編集担当様、本当にありがとうございます。誤字脱字だらけの校正、本当に大変でしたね……！　本当に、ありがとうございます！

それから、美麗で素敵なイラストを描いてくださった501様のおかげで、満月の物語が更に華やかに、鮮やかに色付きました。表紙の満月を見たとき、『えっ、うちの主人公、可愛すぎ……!?』とおもわず拝んでしまうほどでした。ありがとうございます！　口絵と挿絵で更に追撃ダメージを受けました。登場人物全員優勝です。そして水瓶座の君、美少年すぎる……。師匠二人とも強そうでしたね（小並感）。

最後に、この本を手に取ってくださった皆様に再度感謝申し上げます。

星空を見上げたとき、満月の事を思い出していただけたら、幸いです。これからも満月の物語を楽しんでいただけたら嬉しいです！

灯火
イラスト 501

第2巻 2025年春発売！

Your Story ―ミツキ―

Next Episode

サバイバルイベントに挑め！

初めてできた
フレンドとともに、
孤島『ソル・ネーソス』での
イベントに参加した満月《ミツキ》。
覚えたての【天体魔法】で、
無事クリアできるのか!?

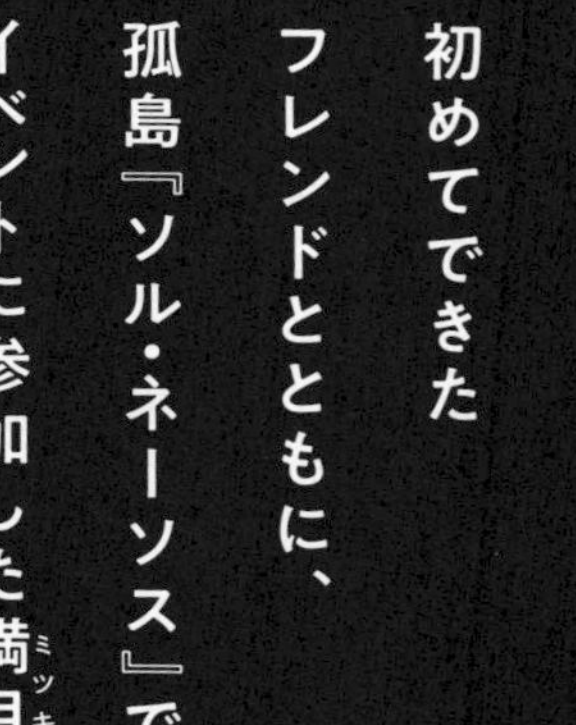

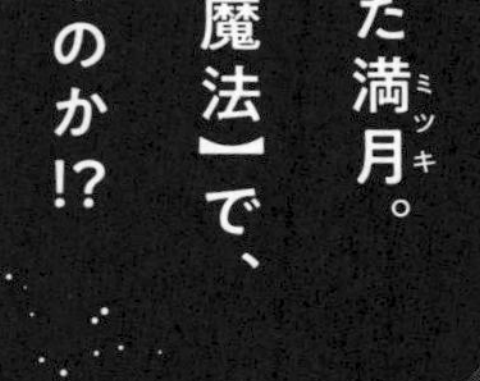

Your Only Story Online 2

2025年
1月から
テレ東・
BSフジ
ほかにて
TVアニメ放送開始!!
U-NEXT・アニメ放題で最速配信決定！
没落予定の貴族だけど、
暇だったから魔法を極めてみた
©三木なずな・TOブックス／没落貴族製作委員会

COMICS

【漫画】秋咲りお

※8巻書影

最新話はコチラ！➡

コミックス⑨巻
今冬発売予定！

NOVEL

【イラスト】かぼちゃ

原作小説⑨巻
好評発売中！

SPIN-OFF

【漫画】戸瀬大輝

最新話はコチラ！➡

「クリスはご主人様が大好き！」
コミックス
今冬発売予定！

ANIMATION

STAFF

原作：三木なずな『没落予定の貴族だけど、暇だったから魔法を極めてみた』（TOブックス刊）
原作イラスト：かぼちゃ
漫画：秋咲りお
監督：石倉賢一
シリーズ構成：髙橋龍也
キャラクターデザイン：大塚美登理
音楽：桶狭間ありさ
アニメーション制作：スタジオディーン×マーヴィージャック

CAST

リアム：村瀬 歩
ラードーン：杉田智和
アスナ：戸松 遥
ジョディ：早見沙織
スカーレット：伊藤 静
レイモンド：子安武人
謎の少女：釘宮理恵

詳しくはアニメ公式HPへ！
botsurakukizoku-anime.com

シリーズ累計 80万部突破!!（紙+電子）

本がなければ作ればいい——
原作小説
（本編通巻全33巻）
第一部
兵士の娘
（全3巻）
第二部
神殿の巫女見習い
（全4巻）
第三部
領主の養女
（全5巻）
第四部
貴族院の自称図書委員
（全9巻）
ハンネローレの貴族院五年生1
好評発売中！
決定！
ありがとう、本好き！
シリーズ累計
1100万部突破！
（電子書籍を含む）
アニメーション制作：WIT STUDIO
TOジュニア文庫
コミックス
第一部
本がないなら作ればいい！
（漫画：鈴華）
第二部
本のためなら巫女になる！
（漫画：鈴華）
第三部
領地に本を広げよう！
（漫画：波野涼）
第四部
貴族院の図書館を救いたい！
（漫画：勝木光）
第五部
女神の化身
（全12巻）

夢物語では終わらせない
ビブリア・ファンタジー
ふぁんぶっく
1～8巻
ドラマCD
1～10
ミニマイングッズ
椎名優描き下ろし
第三部「領主の養女」
アニメ化
本好きの
下剋上
司書になるためには
手段を選んでいられません
香月美夜
miya kazuki
イラスト：椎名 優
you shiina
Story
とある女子大生が転生したのは、識字率が低くて本が少ない世界の兵士の娘。いくら読みたくても周りに本なんてあるはずない。本がないならどうする？　作ってしまえばいいじゃない！
兵士の娘、神殿の巫女、領主の養女、王の養女——次第に立場が変わっても彼女の想いは変わらない。
本好きのための、本好きに捧ぐ、ビブリア・ファンタジー！
詳しくは原作公式HPへ
https://www.tobooks.jp/booklove

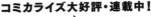

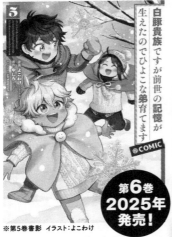

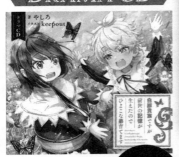

第二部最終章
涼が不在の中央諸国で
人類の存亡をかけた戦いが始まる!
V
著:久宝 忠
イラスト:天野 英
水属性の魔法使い
第二部　西方諸国編
2025年発売決定!!!